重叠的梦

袁业健◎著

安徽师范大学出版社
ANHUI NORMAL UNIVERSITY PRESS
·芜湖·

图书在版编目(CIP)数据

重叠的梦 / 袁业健著. — 芜湖 : 安徽师范大学出版社, 2022.7
ISBN 978-7-5676-5626-0

Ⅰ.①重… Ⅱ.①袁… Ⅲ.①诗集 - 中国 - 当代Ⅳ.①I227

中国版本图书馆CIP数据核字(2022)第106442号

重叠的梦 袁业健◎著
CHONGDIE DE MENG

责任编辑: 胡志恒 责任校对: 胡志立
装帧设计: 王晴晴 责任印制: 桑国磊
出版发行: 安徽师范大学出版社
芜湖市北京东路1号安徽师范大学赭山校区
网 址: http://www.ahnupress.com/
发 行 部: 0553-3883578 5910327 5910310(传真)
印 刷: 江苏凤凰数码印务有限公司
版 次: 2022年7月第1版
印 次: 2022年7月第1次印刷
规 格: 700 mm × 1000 mm 1/16
印 张: 18.5
字 数: 210千字
书 号: ISBN 978-7-5676-5626-0
定 价: 56.00元

诗者何为

叶帮义

这是业健的第一本诗集，他让我给他写个序，我很诧异，因为我不是什么名人，替他作序不能给他的诗集增色。但他还是坚持让我来写，我猜测这应该不是因为我曾经做过他的老师，而是因为他知道我也喜欢写诗，算是他的同道者，他想在我这里找到知音的感觉。毕竟，现在写诗的人不多，诗人也不是什么光荣的名称。

我的主业是研究唐宋诗词，但我写的不是古典诗词，而是新诗，虽然我的新诗并不新，而是带有很多的古典印记。业健的新诗在我看来，是真正的新诗，至少比我的诗更像新诗。但因为是真正的新诗，对我来说就是一个挑战，因为我更熟悉的是古典的情怀和古典诗词的表达方式，我和真正的新诗之间仿佛隔着遥远的距离。好在我并不抗拒真正的新诗，甚至有点喜欢它给我带来的挑战，那挑战里有我不熟悉的东西和值得我学习的地方，它常常让我思考诗究竟是什么。

当然，只读古典诗词也让我常常思考诗的本质，而且感觉快有答案了，古人留下那么多诗序、诗话、词话也有利于我思考和回答这个问题——“诗者，志之所之也，在心为志，发言为诗”，“诗者，吟咏情性也”，“诗者，天地之心，君德之祖，百福之宗，万物之户也”，“动天地，感鬼神，莫近于诗”，“诗者，根情，苗言，华声，实义”。但这些回答在新诗（特别是真正的新诗，而不是我写的那种伪新诗）面前似乎显得远远不够，甚至全无用处。

诗需要押韵吗？古典诗词似乎都是押韵的，但新诗不强调押韵，业健的新诗也不刻意押韵，如他写的《给你以我的温柔》：

给你以我的温柔，
不要冬天，不要
这大地结冰的日子。
我无论如何要变成一朵花，
让你一下子想起春天，
或者更加遥远的温暖的地方。
我要为你的双手捧着，
在你的掌心盛开出
大片大片的紫和红。

以《给你以我的温柔》为题写一首新诗，完全可以写得很押韵，有了韵，诗应该更有节奏感和抒情性。这首新诗并不押韵，句子也不整齐，但一点不妨碍它的好。原因何在呢？我不知道，尽管我很想知道诗歌不押韵，用什么来体现它的节奏和韵律。难道新诗连节奏、韵律也不要？

诗需要抒情吗？如果只以中国的古典诗词为范本，我们很容易得出结论：诗歌要抒情，甚至可以说诗的本质就是抒情。但新诗好像不遵守这个传统，这同样不妨碍它的好。如《你消失了》：

你消失了

在雨中，你消失了
你消失在雨中
那么多润湿的落叶
堆积在层层的烟雾中
你消失了，在此刻
在光与影的交换中
我变成了你
你变成了我
我变成了与光交换的影子
你变成了与影交换的微光

我就是你
你就是我
我消失了，你也消失了
沉重，轻盈
轻盈，沉重
我消失了，沉重
你消失了，轻盈
雨和雾，你和我
我和你，雾和雨
你追逐着奔向我
我追逐着奔向你

《你消失了》这样的题目完全可以写成抒情性很强的爱情诗，但这首诗写得不像爱情诗，我甚至觉得那个“你”是另一个“我”。但就算这首诗真的不是写爱情，又何尝不是一首好诗呢？想一想，它要是真的写成了常见的爱情诗，会不会变成陈词滥调？在我看来，诗歌不强调抒情，至少有个好处——防止过度抒情乃至矫情、滥情。诗集中《盛夏，所有的事物都在疯长》《性别》《就这样相对站立》《我有一支湛蓝的笔》等作品，似乎都印证了这一点。也许有人会说，这些诗都有抒情性，但我觉得它们即便抒情，也不是抒古典情怀，而是现代人的情感。我很困惑：新诗的特点在于它不遵守抒情的传统，还是不再抒发那种古典的情怀？

诗歌要讲究意象和意境吗？古典诗词很重视意象的选择和意境的营造，尽管不讲究意象和意境也可能写出好诗。新诗呢？新诗似乎没有强调这一点，甚至可能想突破这个传统。业健的新诗倒是比较讲究意象和意境，但绝不是回到古典的路子上去。如他的《不被认可的天气》：

这是一种不被认可的天气，
芜湖的
阴雨连绵。
它太像一个女子，
林黛玉般的
独立又惆怅。
我想撑一柄可配得上这雨的
油纸伞，鹅黄的，
从人群中经过。
人群不该是拥挤的，
温暖的叫卖声
铺满沿街的路。
古老潮润的腔调，

历久弥新。

异乡人的衣服，
怎么也融不进这雨的情绪。
油纸伞下的
该是一名女子。
女人呵，天生就是雨的同类。
那么柔软，又独立，
她们有雨的感触，
雨的默念，
雨的喜欢。
好像所有的地面都是影子，
我只伫立在人群里看着，
分辨是徒劳无用的。
但她就是一名女子，
撑着油纸伞走过。

林黛玉是古典意象，油纸伞出现在戴望舒的名作《雨巷》里，也算是传统意象，但这首诗既不是古典诗的复制，也不是《雨巷》的翻版，它是“古老潮润的腔调，历久弥新”。它似乎是在探索如何在意象和意境方面推陈出新，类似的作品在诗集中还有不少，如《雨中漫步》《吻一朵茉莉》《月是故乡明》《鹊桥》《三月的歌》《晨起》。

诗是明朗好还是含蓄好？古人曾为此争论不休，我以为各有各的好处。但新诗似乎超越了这种争论，它可以在明朗和含蓄之外创造出新的好。业健在诗中写道：“蝴蝶飞进图书馆，恐慌/成为所有图书的内容。”(《走到图书馆门前》)“大地上升起的篝火/群星接纳了我未说出的语言”(《直到故事结束》)“我此刻高举着火把,为了/在黑夜的最深处/照亮你。”(《你从安静无声中走来》)“我期待着一个晴天/和少许的风,阳光沉寂得/就连叶与叶之间的细微脉络/也会暴露在荆棘中。”(《花店里的玫瑰》)“梦是比夜更遥远的眼睛,/我看不见,/听不着,/也感觉不到。”(《百合的梦》)“沿着河流我们终将找到森林,/在火的预言里,会发现幸福的灰烬。”(《热焰》)“仰望是我唯一的权力。/我走进落日的田野,/从此拥有了不灭的星空。”(《土地的歌》)这既不是明朗也不是含蓄,但不妨碍它的好。

我不敢说我读懂了业健所有的新诗,但他的新诗至少让我在我熟悉的古典诗词之外看到了不一样的诗,让我看到了诗还有更多的写法,让我看到诗歌蕴藏着语言的无限可能性。这种可能性存在于历代诗人的探索中,是历代诗人在不断寻找和呈现这种可能性,从而创造出优秀的作品,让我们惊叹语言的魅力。古典诗词在这方面所做的成功探索已经有目共睹,现在轮到新诗继续探索了,并促使我们进一步思考何为诗歌这一很难回答但又不得不思考的问题。

以上是我阅读业健的新诗时产生的一些感受,用古人的话来说算是“奇文共欣赏,疑义相与析”吧。但“文章千古事,得失寸心知”,我所说的未必就是业健寸心所知的。也许,我离成为他的知音距离还很远,但他的新诗写得这么好,如果考虑诗的作者非常年轻,而我在他这个年龄还没有写出一首像样的诗,我就不只是佩服他了,甚至有点膜拜他了。

目　录

第一辑　慢

第二辑 黄昏诗人

第三辑 你从安静无声中走来

第四辑 有关雨的方程

第五辑 花朵偶然迷失

第六辑 婺剧

第七辑 重叠的梦

第八辑 村庄离我一公里

第九辑 河流与夜晚

第十辑 咖啡店长廊的病人

第十一辑 十二度的秋天

第十二辑 热 焰

第十三辑 土地的歌

第一辑

慢

走到图书馆门前

头上有两个火球，
身体里的水在蒸发，
积雪
在冬天遗留下了病症。

我问两棵小樱桃树，
你们怎么也不看一看我。
烧红的叶子摊开了
滚烫的脉络。

上坡的空气离白云很近，
野雏菊占领了草地。
蝴蝶飞进图书馆，恐慌
成为所有图书的内容。

我们倾尽所有不过是
想要获得一根残损的羽毛，

血液中腐败的塑料
揭开了电缆的身世。

二楼的蓝顶遮阳篷
有着明显的灭绝趋势，
我们并不知道一切生命的延续
都由阳光的力度决定。

小草的摆动幅度
刚好避开了起重机声音的干扰。
耳环的孔洞无限扩大，
枯萎的叶片落入饮料杯中。

我们带着相同的目的走上楼梯，
阴影里倾斜的玫瑰。
诗人日复一日所写下的——
是那个被我们称之为幸福的词语。

2021.5.17

此刻，旋转门

此刻，旋转门
大鲨鱼跃上二楼
绿色广告牌略显单调
电梯下行
停车场的空气重新加热

和蜻蜓一起加热
音乐涌进耳朵如同潮水
略显单调的节奏
玻璃迟延了融化的时间
一个孩子模样的人进入视野

电梯上行
独特香味的宣传单
独特的肯德基
指环被收进胶套首饰盒
红色的光朝着玩具车闪烁

民谣歌手看着像
古镇广场喷泉边弹唱的那位
后现代主义的装扮
标志性灰色贝雷帽
洱海提供了五月份的房租费用

电梯下行，电玩城的嘈杂
给了我寻找一种久违声音的错觉
天街的烟火味越来越浓
一抬头，城市从未像今天这样清晰
它包容了我所有的爱而不得与黯然神伤

2021.5.4

慢

——给 RZQ

慢
路变慢了
还好记忆允许我
找到出生的地方

一只小羊拥有的田野
或远
或近
黄昏中的草苗依然新鲜

触碰
风
等着我的人
好像一直在那里

我缺少的是停歇

短暂的停歇
阳光那么可爱
我在阳光的包围里睡着了

被记住
双手张开的片刻
围墙爬满了藤蔓
我的眼里只有云朵

云朵
最接近天空
未知的诗
就让它随意生长

也许距离
无关爱情
雨水的归向
在天地之间

天地之间
天与地
时间承诺我们相遇
但要给我们静美如初的别离

2021.3.12

盛夏,所有的事物都在疯长

盛夏,所有的事物都在疯长
植物疯长　人在疯长
真理也随之疯长

盛夏,不可避免要谈及雨
在雨的世界里
我就是主人

盛夏,两只多情的猫走到一起
从此　夜晚有了完整的轮廓

我辜负了这场雨
辜负了这场雨对土地的偏爱
马铃薯在阴暗的角落里悄悄发芽

盛夏,我的天空多了几轮太阳

被阳光濡湿的单衣
一惊一乍躺在河床上

盛夏,我戴上了帽子
鱼类的呼吸范围涵盖墙体
石块中溢出一些松鼠

盛夏,我的眼睛开始疼痛
皮肤上干燥的红叶
在坠落的瞬间生成音符

一场雨的音乐会
一个遥远而哀伤的灵魂
错过空气而独自迷惘的蝴蝶

被语言隔阂的物种
全部在葡萄里呈现

打开或合上锁的时刻
雨会突然停止

盛夏,我找到唯一存在的麦地
无人收割　无人打理的麦子
接近天空　自然的身体

2020.6.18

等疫情过后

等疫情过后，
我会和你一起回到麦田。
我会用砂石把铁耙上的锈迹
打磨干净，然后辟出一块新的垄地。
我们经历日出，直到太阳西沉；
月亮低悬屋顶，繁星满天。
那些欲望我会把它摁进土里，
从此做一个平凡的人。

我们都将会平凡，
平凡的梦想，平凡地劳作。
劳作是我记住你的唯一方式，
所以我重复着除草的事情，
呵护每一株经冬存活的麦苗。
我挑来河水灌溉田地，
顺着时针的指向，
我们会获得健康的身体。

呵,苦涩的麦叶!
呵,甜蜜的麦管!
我们一同沉浸在
贫瘠的时令里,
等待无尽的快乐与冀求。
我们放下筐箩,我们仰望天空,
话语如此短暂,
而阳光如此漫长。

等疫情过后,
所有悲哀都已消失。
我们去创造一个寂静的世界,
来滋养苍白疲惫的人群。
我们用手中的绳索,
紧紧缚住流动的尘埃,
片刻的安宁将会是
永恒不变的幸福的归程。

2020.3.4

沉默的数字

沉默的数字，
不那么巨大。
它由一排列到十，
像牙齿间的距离，
准确而无可挑剔。

谁被铁塔吸引？
站立的酒杯，
暴露在一个裸体的苹果前。
完全成熟的表情，
成了恐惧的象征。

火柴躺在发霉的盒子内，
卷烟快要燃尽了，
玫瑰无端从烟雾中现身。
收音机中播放的歌曲，
未能同眼前的暴雨契合。

一座精致的塑像，
计算着话语的体积，
面带微笑，紧闭双眼。
被海水包围的岛屿，
将浪潮声赠予了我。

摩登时代的文字风格，
如同一个模糊的轮廓。
故事通常带有古典性，
这是美感的要求，无法反驳，
所以我把诗写得易于理解。

2019.4.28

黑色闪电的符号

这是一个黑色闪电的符号，
木制的长桥连接着
虞美人和短衬衫。
谁渴望一个梦？一只
驶入夏天的小船。

我想要的不止是落叶，
这黑色的土地，生长出
脆弱迟钝的铁剑。
树丛的堆积如同屋顶，
疼痛是短暂的愉欢。

当白鸟开始怀疑瓦片，
喷泉便堕落成了
一条灰色的金鱼。
我怀中安放着的苹果，
被认定为缪塞的雏菊。

红手巾象征着古老的谎言，
那被木棒搅碎的彩虹，
铺陈在无人认识的旧路。
玻璃的缝隙延伸到钟摆上，
而我的铅笔唤醒了一场雨。

2019.4.21

一支羽毛

一支羽毛，
洁白的羽毛，
光明亮丽地颤动。

我是青鸟，
来回地飞倦了，
怀着书信落在梧桐枝上。

山的儿子啊——
我是,温柔的血脉之间
相隔着明明暗暗的灯火。

这路很熟悉，
项链成了唯一的假象，
无处安置的蜡烛被忽略掉。

行人匆匆，
火车长久的轰鸣声过后，
我的手中只留下铅笔和纸烟。

2019.4.6

雪后的泥泞

雪后的泥泞，
万物朽烂的身体，
纸盒与铁皮的较量，
变换成我哈出的水汽。
我想卸下双肩的尘埃，
填补这满是缺口的道路。

雪后的泥泞，
无人再来问寻，芦苇的白头接着
麻雀的双翅。
当长久的机器轰鸣退去，
我的血液已经干涸，如果琵琶仍在
一定是聚集在我的臂弯。

雪后的泥泞，
人群中消失的声音，
一小块青石砾如同

崩坏滚落的巨大岩石。
我想被群山上的风车带走，
只留下枯萎的帽子在河边。

雪后的泥泞，
一张扑朔迷离的罗网，
把觅食的刺猬紧紧缠住。
我赤裸踏进这片土地，
忘记了微风从哪吹来，
而所有的干草垛都成了影子。

2019.1.3

给你以我的温柔

给你以我的温柔，
不要冬天，不要
这大地结冰的日子。
我无论如何要变成一朵花，
让你一下子想起春天，
或者更加遥远的温暖的地方。
我要为你的双手捧着，
在你的掌心盛开出
大片大片的紫和红。

2018.12.28

哑　剧

没有对白、独白和开场白，
我只奉献我的身体，向你，
像婴孩哭泣那样天真用力。
失去了语言的媒介，这鸿沟
横隔在面前，尽管我有丑态，
惹你发笑，但，秘密终究还在。

你是所有观众里最麻木的，
你只期待声音，我的喉咙
像是被铸上了铁链的野马。
帷幕打开，帷幕合上，你一句
不发，仿佛忘却了手势的意义。
这出剧是你和我的共同演出。

手舞足蹈的人，怎么退化成了
两只着衣戴帽的猴子。
言语不通是可怖的，沉默

更加可怖，空气中我们是如此。
你什么也看不懂，仿佛刚才
在慌乱的人群里走错了片场。

2018.11.4夜

那片叶落了

那片叶落了，
落在贫瘠的土壤中，
枯涩的草丛中，
和湿冷的空气中。
我想它还可以落在
更多的地方，比如河流，
比如山坡，
以及我的掌心。
我多希望手掌
可以宽阔如海洋，
浩瀚如天空，
把无休止的失落
分担得像流水和云朵一样稀薄。

那片叶终将落下，
从我的眼前
清楚地落下。

我不是为了面包可以
在夕阳中奔跑的孩子，
我只是个孩子，
只看着这片叶子落下。
这片叶子落得如星星一样深邃，
黑夜在它的微光中
显示出本来模样。
我摊开我狭窄的手掌，
仿佛早已预知到
这片叶落了，
且连同所有的美学问题，
便一起落了。

2018.10.18

性 别

我能看出你和所有人的差别，
不只因为
你是女人，我是男人。
也不只因为你为人倾倒的眼神，
一个微笑，
睡莲绽开，梨花落地。
满院的蔷薇穿过围栏，
用四月深邃的双眼
望向你。
我能是这四月天里幸运的细雨吗？
当你撑伞从书画展的门前行过，
我会落于伞顶，流至伞缘，遂汇成雨滴
为你所见。

尽管你每日从我的笔端流注，
但你终将行远，行至人群。
那时我能立刻找到你，喧闹之中，

我能知道你和所有人的差别，
不只因为
你是女人，我是男人。

2016.4.24

毛　衣

我是你手中红色的衣线，
随着织针一点点累积。
如宝塔一般，
像蚁丘一样。
时间用它缓慢的脚步，
奔跑得比风还快。
岁月流逝，你倾注我身上的爱
如同永恒的溪流，
早已汇成了我的心海。

母亲啊！
你不仅织出了我温暖的毛衣，
也织就了我的生命。

2014.5.11

羽　翼

何时从你的眼前飞过，我这
没有羽翼的飞鸟？
森林在远方呼唤，
原始的欲望在篝火里点燃。
荒原上，一头未生角的梅鹿
隐藏在秋草里悄然伫立。
我衔着一枚青石，想象着
所有吹拂过我身旁的风的气息。
我不能向天空献歌，
只任凭泪水在眼睛深处悲鸣。

羽翼的锋芒，
在昔日的温情里闪光。
我仍探寻着记忆，尽管
在你唇上
我是一段沉默的飞翔。

第二辑

黄昏诗人

黄昏,孤独的孩子

——给 RZQ

黄昏,孤独的孩子
一个孤独的影子
摄入了过量的蛋白质
肥胖是最严峻的问题
水煮沸了脂肪

我仍记得那个时间节点
星期五傍晚
电视轮播的娱乐节目
一堆杂乱的书和一条
象征安全的栏杆

黄昏里闪烁的草苗
看着窗外,诱饵落入空气中
挥动手掌,余光
被电线吸收了

脱离了水思考的鱼

肺泡重新砸向地面
性欲适时减退
膨胀的粒子轰击人群
空心的雨水延缓了
变为气体的速度

记忆再次蒸发
一元二次方程
文件夹里的诗歌
鸢尾花持续凝固
蜂蜜不幸感染了病毒

黄昏,保存了新鲜的蔬菜
门的背后是沉默的寓言
孤独绝无仅有
剥开硬壳,灵魂的藏身之处
距离的产生从此开始

2021.6.29

金色的桥

你远，
或者近，
铁线就在那里。

细的铁线
分割开最后的黄昏，
只留下无辜的木棰。

行人，
后视镜，
新漆的车身上多出的划痕。

不止为一个声音，
一个简短的声音
击碎了金色的地砖。

一、二、三、四，

数字无法单独存活，
它依附于孩子们的手儿。

噪声越传越远，
夕阳被搅拌成米粒，
经受着火的灼热。

一遍，
不会再重复的
是紧要的话语。

日子一天天数着，
数不清的
是遭到遗弃的纸屑。

梦就要开始了，
梦到哪里，
哪里就是我活着的地方。

2019.9.27

又到黄昏了

又到黄昏了，
你仍未出现。

这个秋天干净得异常，
我按耐住心中的火焰，
丢掉饮食的欲望。

一看到天空，
我就想到了某个时刻
因痛苦而写下的诗。
从上面产生雾霾开始，
就注定了遗憾的结局。

我一直等待黄昏，
等待从水面浮出的拱桥，
你带着我写下的蹩脚的诗，
从丘陵走向海洋。

那些温柔的日子持续发酵，
所有惊悸的元素共同构成
楼梯，风筝不断旋转，
落叶唤醒了在雨中沉睡的人群。

雨声塑造的寒冷难以接近，
一个净化的秋天
等同于灼烧的牛奶。

果实生成的瞬间，
让我过分依赖月亮，
说不清的口渴的感觉，
直到看见残破的渔船才停歇。

一声轰隆的犬吠
可以抵达巷子的深处。

早已不是黑白电视的时代了，
我仍珍藏着些许频道，
在那固定的时间内，
看一块奶酪下坠。

我善于藏匿情感，
充分发挥着动物伪装的本能，

过度抒情的谦虚，
弥合了细小卑微的伤痕。

大雨骤至的信号，
经由森林缓缓发出，
万物一齐颓靡，
只有书中墨迹保存完整。

空白纸页下覆盖的
是悬而未决的演绎法，
一顶帽子出生的地方，
我们称之为河流。

循着体温，
我发现了你的另一面，
那些返回穹顶的带状灰蛾，
是我曾试图寻找的标记。

标记返回天空的路程，
遥远而寡淡的接触
虚构着
真实但满含错误的名字。

2019.10.25

手中的黄昏

——给 RZQ

一缕柔软的光线
从手中滑落，
逃入我的双眼。
像梦到一片紫薇，
春风
拂过萧瑟的秋天。

你是我手中的黄昏，
如同一阵夜的清风，回望
石苔的金色。
我的眼前
铺着一段遥远的路，
像是
你不安的灵魂，
撒下的美梦。

美梦,如果真的能够实现,
我愿变成你脚下的一潭清水,
面对来世的诺言,
印下你挚爱的微笑。

2012.10.18

日落黄昏

闪电般的黑鸟飞过天际，
炙热的夕阳
照耀着风景。
人群中飘荡起风笛声，
别离
何时记起？
往日的火堆依旧温暖，
而今的故人已然不在。
找寻
日落的感情，
怀念从沉默时开始。
而我期待黄昏，
像期待无数幻影，
梦境与现实。
挣扎
从黄昏中逃离，
进驻你的心底。

第三辑

你从安静无声中走来

直到故事结束

——给 RZQ

直到故事结束
我仍没有伸出双手

没有递出一首诗
而夏天即将过去

再没有一个戴圆帽子的人
与我在黄昏中分别

夏天过去
再没有热的感觉

跨过河流　麦子
念着我的诗

是呀　稻草人已经立起

我是黄昏的最后一位诗人

在心的房子歌唱
玫瑰有盛开的夜晚

大地上升起的篝火
群星接纳了我未说出的语言

感谢曾经指引的天空
美好的相遇和广阔的遗憾

2021.6.21

那种最遥远的

那种最遥远的夜晚，
如此安静啊，月亮升起，
而星星消失了。
你缓缓地从梦里显现，
一株谦卑的龙葵，
吐出紫色的浆果。

花园跟随星星消失了，
这梦境如同雨季的泡沫，
一个接一个破碎。
如此安静的空间
让我清楚地看到了河流，
以及从河流中诞生的我的身体。

那种最遥远的记忆，
那无法面对的花朵，
丢出了石子便知道风的去向。

所有幻想都来源于嘴唇，
通过乳房孕育的苹果
并未呈现出应有的色调。

我因为缺少糖分而干渴，
一只迷失的白鹿
闯进沙堆里乱撞。
磁带、织麻机、黑白电视，
透过纱窗可以看到不同的月亮，
而蜜蜂歇脚的过程，未曾避讳。

那种最遥远的想念，
手套落下，我曾试图离开水的滋养，
不断重复地与影子说话。
火光的诱惑把我引向暗处，
错过了绿麦子之后，
我一再错过了低矮的春天。

2019.8.19

你戴着一顶白色的帽子

——给 CY

你戴着一顶白色的帽子
在阳光里显现,微风吹向我,
吹向在花丛中低语的玫瑰。
梧桐树此刻疲惫了,
赠予我一朵精致的叶片。

我沿着安静的道路探求
八仙花的身影,一座木制的拱桥
宛如旧电影里的场景。
伞一柄接一柄连缀着,
阳光顺着雨水的轨迹倾泻。

呵,你眼睛的芬芳喷薄而出,
被远方森林濡湿的记号,
降落到臂弯的深处。
无数话语里提及的问候性词语,
或真或假,但没人再怀疑。

我隐藏在灯心草、菖蒲草的双唇间，
渴望又惧怕那天真的国度。
你的双手沉默而秘密，
血管升起的稍纵即逝的闪光，
与我的铅笔交织成一轮古老的月亮。

2019.6.2

这是你的杯子

——给 LGG

这是你的杯子，
我要向它问候，
向你
索要几片深秋的银杏叶。
我有满眼的愧意，
愧意来自你
被细雨濡湿的外套。

借口这杯子说话，然后去
得知它的前世今生，
为你
提醒这无关紧要的记忆。
你把遗憾留在昨日，
如同我，
把喜悦留在今日。

2018.11.9

你消失了

你消失了
在雨中,你消失了
你消失在雨中
那么多润湿的落叶
堆积在层层的烟雾中
你消失了,在此刻
在光与影的交换中
我变成了你
你变成了我
我变成了与光交换的影子
你变成了与影交换的微光

我就是你
你就是我
我消失了,你也消失了
沉重,轻盈
轻盈,沉重

我消失了,沉重
你消失了,轻盈
雨和雾,你和我
我和你,雾和雨
你追逐着奔向我
我追逐着奔向你

2018.10.26

你从安静无声中走来

——给 cy

你从安静无声中走来，
带着丝杉和玫瑰，向我
递来一个浅浅的笑意。
我早知道你要走向我，
走向这座巨大饱满的城市。

我错过了麦子的问候，
只剩一把干瘪的麦粒
在我手里紧攥着。
你把风送来了，
在所有的春天
我见过了所有的你。

一顶帽子多刺而且新奇，
我戴着，如同我手握着玫瑰，
已忽略了她倔强的身体。

那包容星子的灵魂祈祷手掌
可以多一扇通往黄昏的窗口。

你从安静无声中走来，
如同蝴蝶，一只梦的蝴蝶，
从记忆中的伊甸园里飞来。
我此刻高举着火把，为了
在黑夜的最深处
照亮你。

2018.2.22

夜色从我的眼中

——给 RZQ

夜色从我的眼中扑翅飞去，
又隐约变作细碎的声响让我倾听。
那么多的声音围绕着我，我竟以为
有一种来自你昨日的嘱咐。
你的不可变更的天真的面容，
你的尚未抹去孩童色彩的眼睛，
你的不告而别的似真又假的名字，
我都一一置于窗外重新认识。
可我并没有认识那么多，一盏明灯高悬在
眼前将要归去的寂静街巷中。

或许从远方泻满银辉的森林里可以寻找到
你在我眼前毫不犹豫显示的唯一的哭泣，
我忍不住又把手中的书无情翻弄。
我承认我读不进每一个字，
我承认我耳边温暖的声音少了，

我承认我害怕面对被病痛折磨的人。
是不是我不可企及的梦还在你那里寄存着？
你的杳无音信的回响，
逐渐变成窗外温凉夜色中的繁星。

2016.11.21

2020.5.8 改题

我不知道它是否还会回来

我不知道它是否还会回来，尽管
沿路的玉兰长出了幼叶，
三月接近尾声。
玻璃门上的尘埃又加厚了，
书更陈旧，
自行车又锈了一遍。
虽然我的嘴同别人说话，
但眼睛缄默，
如三月里干枯的柳枝。
我的手指乱顿着，头发
垂到睫毛。
有一只鸽子飞到晾衣绳上歇脚，
我的目光在那里驻足。

我不知道它是否还会回来，笔
握在我手里，
而墨水依旧

那么多。
是时候告别晚霞了，轻风拂过，
晚灯在月牙的光辉下亮起。
那时，树木变成了影子，
草地变成了黑夜，
温柔的脚印在泥土里呼吸着。
它在远处寂静如回忆，
在北国积满雪的松林里，
它喃喃自语。

2016.4.24

北燕南归了吗

北燕南归了吗？我想问一问你。
河岸的新柳垂到了河面，微风
未来，它尚在芦苇的嫩叶间。
三月，桃花还没有开，
而沿路的玉兰
铺了满地的一层。

北燕南归了吗？我想问一问你。
香樟的种子已经腐烂在土里，它们
并没有像预期的那样萌生。
三月，腊梅染黄了一片
屋后的草地，
修剪整齐的矮松静立着。

北燕南归了吗？我想问一问你。
西湖的海棠应该冒出芽苞了吧，阳光
蜷缩在树荫里抽泣。

三月，游人依旧，
停泊在湖岸游船的船舷上
长出了苔丝。

北燕南归了吗？我想问一问你。
在城市新建的楼厦里，没有
一个泥筑的巢。
三月，刺槐花的味道还未飘远，
昨日雨后的泥土上
还留有你的足印。

北燕南归了吗？我想问一问你。
为什么你要用沉默应答，生活
还未将它的苦涩递给你。
三月，大地还寂静着吧，
但那即将拂来的春风
一定会吹绿你的思心。

2016.3.10

等你的风

——给WMX

等你的风，轻，
因为所有多情的尘埃
都沉落在你将去的路上。

等你的云，沉，
因为它忍住了泪水，
不想为你的背影再添一份泥泞。

等你的我，只有对你的深眷。
因为夏天到来，
所以我不能去折一枝柳。

那柳枝深绿的翠色，或许
会触发你一夜细雨的
柔情。

2015.5.29

拾　贝

我朝着睡梦中的海滩走去，拾起
一枚金色的贝壳，把它贴近耳畔
细细倾听。
起伏的潮声，在翻滚的浪花中
欢呼雀跃，随着那不知名的海鸟
双翅一颤，惊醒了礁石上
沉酣的夕阳。
汽笛隐约地传来，由远及近，
仿佛能听到桅杆上的风帆
翻卷过的每一个浪花。
岸上的灯塔
渐渐明了，好像还有一双守候的眼睛
隔着大海的辽阔在闪烁。

我似乎听到了：
一群孩子在黄昏中忘情地踢球；
一对恋人走过，留下甜蜜的私语；

一个老渔夫吃力地拖网上岸，网中的鱼濡沫呼吸
……

一枚小小的贝壳，
竟也承载了海的热情。

2015.5.29.夜

总想听见你的泪

总想听见你的泪，
在寂静的夜晚，
星子在你的泪光中闪。

总想听见你的泪，
是烟雨迷蒙的街道，
虹霓缀着春的暖。

总想听见你的泪，
从你眼中的怀抱，
到你双手的抚慰。

总想听见你的泪，
当你心灵深深地颤抖，
当你的目光柔软如白云。

总想听见你的泪，

在阑珊的夜晚。
我站在门外，
却无法走近。

你说你的夜晚没有星星

——给 RZQ

你说你的夜晚没有星星，抬头
只能看见倾洒在对面墙上的月光。
过道上，行人很少，连
路灯也熟睡了。
晚风吹得很淡，它
担心吵醒四周的安静。
地上树的影子，像是
鳞波，闪着清澈的光。

你说你的夜晚没有星星，远处
回荡了许久的鸣笛
与楼下院子里的犬吠
交织在一起。
枫叶轻轻地哼唱，那声音
震颤了几点飘飞的流萤。

夏虫在合唱,只惝恍地
萦绕在我的梦里。

你说你的夜晚没有星星。

第四辑

有关雨的方程

雨天，记忆的门

雨天
记忆的门
白色棕榈树偷换了钥匙
一只巨大的铃铛
沉默不响
温度计失效了
服务员无法测量
菜品融化的温度

两位香草王国的游客
调暗了灯光
餐桌上没有动静
以至于没人赶走
有弱视毛病的细蠓
蘑菇汤成为主角
拿起纸巾之后
所有人都细嚼慢咽

花瓶闭上眼睛

进入了更为静止的状态

耳环的活动幅度

超过了筷子

硬币落入口袋

露出了清晰的数字

瓷碟没有退场

雨伞被丢下了楼梯

2021.7.29

小巷里的雨

小巷里的雨开始了，
咖啡店里的爵士乐也开始了，
暖色的光照在人身上，
照见了女子耳环内盛开的雏菊。

红沙发和灰地板，
与拱门遥相呼应。
彩色的几何纹玻璃，
抹平了遮阳伞的阴影。

人们经过这里，
人群不断有新鲜的面孔，
阁楼的荧光牌进入夜晚，
时间在阶梯充分休憩之后
还原了塔楼的空旷。

小红灯笼流苏，

装饰了银边木制的推窗。
昏暗的环境预示着微弱的危险，
俯视成为旅人不可避免的常态。

我们一直要找的餐厅，
匀速地抵达。
雨水积攒了一小时的寂寞，
兑换成玫瑰片刻的生长。

2021.5.2

下雨的夜晚

下雨的夜晚，我是一个候车的幽灵。
路灯从树枝中叉开的光芒，
让我见到了雨的模样。
车来车往，烘焙店都关门了，
泥土的气味盖住了烤面包的芳香。
雨声控制了繁华的世界，
再没有更多的人会穿过小巷。

那是一片陌生的影子的天空，
不断旋转，
我身处湖泊中心，放下了糖罐。
烟雾中袭来浓郁的檀香，
河流摘下谎言的帽子。
那些在黄土中诞生的，
终会在黄土中消逝。

我与芭蕉握手问候，

承接雨水,滴下雨滴。
阴郁的路旁开着星点的花,
微风吹过围墙再没有回来。
手电的光束射进原野,
照在一头水牛身上,
蜜蜂纷纷燃烧。

我沿着围墙走了很远,
到处都是雨的声音,一只流浪猫
仍然在意自己毛发的颜色。
我走进麦田,怎么也数不清
野花枯萎的数量。
我走向泥泞的茶园,
埋下自己惊悸的心脏。

2020.9.27

雨天,所有的记忆都一样

雨天,所有的记忆都一样。
梅雨季节到来了那么久,
我一直足不出户。
雨水会反映人的内心状态,
光彩明亮抑或晦暗潮湿。
电视情节曲折迷离
一片沉重的云,
做了轻薄云的妻。

我一直在梦中围困
一条普通的石子路,
怎么也走不到尽头。
或许和长久的阴雨日子相关,
镜子折射出荒芜的地区。
旅人与站台融合为一体,
列车迟迟未来。

我呆坐在窗前，
除草机停止工作的瞬间，
雨声才真正开始。
树林倦怠，
却被雨淋洗得新鲜。
霉病的征兆从地底展现，
腹痛象征着精神健全。

我们从雨的法律里
获得绝对的自由，
排水管通向屋顶，创造了新的秩序。
雨天，所有的记忆都一样。
垃圾的颓废并非偶然，
绝望和哀嚎着的泡沫，
与午时花格格不入。

春的喜悦，夏的滋长，
火焰越来越趋向平静。
我在生与死的两端奔波，
雨的冲刷从未停歇。
我逐渐看清腹中孩子的模样，看到
四季去了又返，
人们来了又回。

2020.7.6

多雨的季节

我随着多雨的季节而来，
蒙蒙的雨，哀愁的雨，
从雨中辨出一条昏黄的路。
这条路指向我熟悉的村庄，
我所面对的人啊，
是一个撑伞伫立的孩子。
我们都望着对方，
却一言不发。

轰鸣的雷声
引发了我们浑浊的情绪。
叶片缓缓落下，
无数的木门
时隐时现。
从战斗的垃圾中可以得到预示，
关于塑料的身世

仍是重重的谜。

我的存在或消失，
与湿冷的天气无关，
只是积水漫延到心中，
硌得那火焰隐隐作痛。
我还能联系到更多的疼痛，
被雨声包容的鸟类，
一下子
就躲进了易拉罐里。

我们都需要可以兴奋的物质，
来填平空白暗弱的土地。
一场雨的结束，
带给天空更多的糖分。
频繁复杂的梦境，
离不开发烫的钥匙；
我们疲惫而昏沉，
却放不下手中的火柴。

2020.3.20

回到雨中

回到雨中，因为一个梦，
白色山丘耸立起金色的光。
无数幻觉开始于欲望，
像藤蔓一样缠绕的沉寂，
鞭打着我的血肉之躯。

我决定回到雨中，重新拾起
被风纺织成的残损围巾，
戴着它，承受无穷的铁锤的敲打。
一旦我脱离了那种稀薄潮湿的状态，
内心荒芜的恐惧便会立刻显露。

所以，我渴望更多的填充物质；
所以，我渴望长久不绝的睡眠。
纯粹的火焰隐藏于星辰中，
任何带有羁绊的丰饶哀伤，
经历过夜色的浸淫都会幽暗。

我曾决心忘掉这片土地，
丢掉那把我怀疑已久的锄头，
然后抱着《诗经》悄然离开。
血液如同一张扑朔迷离的罗网，
我干燥的灵魂陷入紧缚般的回旋。

温柔、复杂且隐蔽的肉体，包裹着
一支尚未燃烧殆尽的蜡烛。
云层为我展示出更加广阔的空间，
对于河流绵延不绝的亏欠，
让我逐渐变成路旁汹涌的花朵。

2020.2.11

我的眼前是一场雨

我的眼前是一场雨，
雨里包裹着黑色的海绵。
烟雾跟随影子扩散，
那些闯进我肺部的鸟类，
始终低沉在云的边缘。
我或许该想到某个人，
可雨声不断搅碎我的情绪。

我放弃了撑伞走进雨中的机会，
巴巴地等待睡眠时间，
所有事物都受到引力指示，
能够坠落的并不只是梦境。
脆弱或顽强的尘埃，通过电缆
都喑哑着一蹶不振的光辉，
雨声掩盖不住土地的泥泞。

雨的作用无非是补充萎靡的谎言，

当一束光漫无目的地照着围墙，
幽默感变换为寂静的骨骼。
昆虫所拥有的坚硬的壳衣，
一定会在玻璃上呈现出潮湿的样子。
食欲的产生来自食物的慷慨，
只有不断摄取能量才能获得自由。

一场雨的开始预示着一种解放，
我曾试图捧着干燥的落叶，
从一个地方抵达另一个地方。
面对不露声色的秘密，
我的身体早已无动于衷。
越过锈迹斑斑的黑夜，
我见到了早已坍塌的黎明。

2020.1.19

2021.1.7 改末句

那雨是

那雨是缆绳，
勒进我冰冷的皮肤，
所有的毛孔都如同落叶，
想要释放被囚住的玻璃。
一只海鸟递来神秘的信号，
我一抚摸胸间的礁石，
就仿佛触到了泡沫和渔船的残骸。

那雨是铁皮的锈痕，
那雨是星辰的光束。
一阵风不足以摧毁幸福，
而幸福的谎言从血液中分离，
随后派生出空白的土地。
松针离开树枝后显得多余，
味蕾从来是由适应变为不适应。

不适应的是那雨，

和那雨经过的颓唐的森林，
夜幕覆盖的即将发作的火山，
就此终结了一只蜥蜴的命运。
那雨带来悲鸣的月亮，
影子沉重得像铅块，
一首诗悄无声息地碎了。

碎裂的黄金耳环,那雨是，
碎裂成一地的黄金末儿。
那雨是皱缩的电流针，
那雨是干瘪的葡萄。
那雨是久违的某个时刻，
当气球停止下坠的旋转，
磁石中便呈现出一个金黄的太阳。

2019.9.2

雨中的火车

五月的末尾，这列车驶向南方。
我带着尚未干透的画笔，
去追求八仙花的踪迹。

雨是冷的，我接受这雨的冷。
玻璃窗把我和群山分割，
雨中的嘈杂声在皮肤中渗开。

我贪恋睡眠，仿佛忘却了
欣喜的滋味，这火、这力的催发，
让手底的烟雾如同泉水般喷涌。

列车的轰鸣声带来了欲望，
我想解读这雨，解读这雨的冷，
以及这雨引起的婴孩的啼泣。

凝视火车让我忽略了一柄

手杖的颜色,空调运作着,
废弃的车站在血管里低鸣。

暗黄的灯光与我的灵魂交触,
一群白头鸟伫立在铁栅栏上等待
某种因锈蚀而掉落的植物的种子。

昏沉的隧道提供了短暂的庇护,
远离雨的空间里,尘埃
如野牛般放肆奔跑。

我见到了一名撑伞经过的农妇,
稻草人的存在无关紧要,半只木桶
被遗忘在广阔无际的荒原上。

2019.6.1 夜

不被认可的天气

这是一种不被认可的天气，
芜湖的
阴雨连绵。
它太像一个女子，
林黛玉般的
独立又惆怅。
我想撑一柄可配得上这雨的
油纸伞，鹅黄的，
从人群中经过。
人群不该是拥挤的，
温暖的叫卖声
铺满沿街的路。
古老潮润的腔调，
历久弥新。

异乡人的衣服，
怎么也融不进这雨的情绪。

油纸伞下的
该是一名女子。
女人呵，天生就是雨的同类。
那么柔软，又独立，
她们有雨的感触，
雨的默念，
雨的喜欢。
好像所有的地面都是影子，
我只伫立在人群里看着，
分辨是徒劳无用的。
但她就是一名女子，
撑着油纸伞走过。

2018.11.19

雨的期愿

雨，是冷的，
冷的雨，和挂在树上兰花的香气一样
冷的，与昏暗的街道上
迷茫的虹霓
一样，是清冷的。
它冷冷地飘落，没有
一丝悲伤，也没有痛苦。
因为它满身透明，
所以能看到它的全部。
全部的心，都清滢，
它更像是无情。
像今夜的梦，
满怀着期愿。

期愿尘世的路上，
会有紫色的清香。
在浅蓝的风中，
她将一路歌唱。

2014.8.26

雨中漫步

昨夜的脚印
还留在雨里，雨
细细的，下个不停，
而你还站在那里。
缓缓地，你踱着步子，
每一步，都惊起了一朵水花。
花朵簇拥地开着，开在你的脚下，
每一朵，每一朵都想要
昙花般的
梦的一刹。
你没有撑伞，只静静地，
静静地走，仿佛每一滴雨
都是一片粉色的花瓣，从
枝头飘落，轻盈如羽毛。
你披着那透明的雨，
身体也变得透明。
雨点打向你，和

打在水面上一样。
漪澜一阵，荡开了
你蒙眬的睡眼。
眼睛是透明的黑色，
黑得深沉，夜一般深沉。
你走近了，我望着；
你走近了，我看着。
你那颗火红的心，
藏在身体里跳动。

你走近了，紧闭着双唇，
没打算和我说一句话、
一个字。

第五辑

花朵偶然迷失

雪莲,死亡无足轻重

雪莲,今夜偏知春气暖。
我梦中已无数次跨过高山,
群山之上啊——
让人上吐下泻的高原反应,
我克服了。
刺骨的寒风没有击溃我,
荒乱的石子,模糊的山峰轮廓,
荆棘草背对着天空,
湖泊吸收着盐分。

我急于写成一首关于死亡的诗,
寺庙、经幡、牦牛,
鲜艳的色彩叠加着
太阳喷射的油漆桶。
死亡,信仰,
一群行脚僧念诵着佛经,
铜钵里装满了悔过的羚羊。

雪莲,四季的种子已经种下,
你是大雪中被掩埋的坎坷。

雪莲,死亡无足轻重,
列车驶过平原,驶向沟谷,
星子深深嵌进皮肤,
毛细血管轰然崩塌。
刹那,我看见紫色的金鱼向我游来,
它的身后是一场
月亮风暴。
光覆盖了所有区域,
藏红花用叶片挡住了脚边的铜笛。

雪莲,你的洁白仿佛
一无是处。总之,还是希望
黎明往后倒退几步,
板块之间的首次挤压
造成了空气的稀薄。
夜晚没有给我们留下太多悬念,
圆环上的物质运动周而复始。
我们不确定的那个词——死亡,
将在你自身的遗忘中展开。

2021.6.15

没有一朵盛开的花会落下

胜利来得太早，
或者太迟。
没有用处的门把手
被接连拆除，
沙发习惯了厚厚的尘埃。

今夜，我不能躲避火焰。
纸张沉默不语，
我只能从手套上找到
属于黄昏的抛物线。
水滴落进坐标轴内。

娇小的骨骼，一层灰烟，
密度不同的玻璃占领了公路。
我不能认出面罩下隐藏的脸，
但隐约有黑色的牙齿
咬住了刺激性欲的神经。

我们有荒唐的权力，
但无法享受荒唐的乐趣。
阴部的长廊通向废墟，
洞悉被泯灭的口令。
大地背负起十字路口的基因。

风筝飞过屋顶，
金枪鱼一涌而出。
黑夜变化的声音比米酒还糟糕。
我拧下松动的灯泡，镜子里
没有一朵盛开的花会落下。

2021.6.11

花店里的玫瑰

你的不同,和谁不同?
难道仅因为四月的雨水柔软了?
我还是戴着帽子去看你,
却又在门外的矮松旁停住,
毁灭的信号
尚不能完全听清。
哦,时间在你的唇齿间静默了,
我期待着一个晴天
和少许的风,阳光沉寂得
就连叶与叶之间的细微脉络
也会暴露在荆棘中。
只有对着墙上的黑白广告,
我才敢用我的目光轻抚你。
而我只伫立在那里,距你
不过是四秒钟。
是不是我独自从人群中挤出来,
就可以毫不犹豫地拥有你?

我的谎言并不能成为谎言，
与别的花相比，玫瑰
听起来才更像是玫瑰。

“本店玫瑰特价，三元一枝。”

玫瑰的颜色

玫瑰的颜色,血脉涨涌的手臂,
夜晚静谧如森林,
呼喊声从群星中扑来。
我像被花朵吸引的蝴蝶,
火焰迷失自己,以为点燃我
就能握紧这假想的影子了。
我想拥有一个净化的春天,
那里存在可以容纳我双膝的土壤。

波涛的声音远隔着胆怯,
而玫瑰就在眼前
为我所见。
玫瑰的颜色,如同血液,
在穿越这片山丘之后,
能否在镜子里发现我的灵魂?
如果这是一种被认定的颜色,
那么它早已在我的脉管里流淌。

2018.11.18 晚

瓶中花(之一)

假如时间从我的手中流逝了,
你会用堆积的尘埃告诉我。
流逝的时间,在我手中削减,
它流逝着你,也削减着你。
你的华美在空气中腐朽,
腐朽的你堆积成尘埃。
历史的真相、时间的错觉,
把你从华美变为物质的腐朽。

腐朽着的你,腐朽着的我,
时间从容地把我变成你。
在放任的空气的催促之下,我们
一起腐朽,做着物质的交换。
我进入你的身体,拥有全部的
睡眠,你悄然占据我的双眼。
睡眠如此珍贵,你向我奉献——
做我梦寐的主人吧,以此塑造你!

2018.11.9

瓶中花(之二)

你生来就已绚烂,
拥抱着声与色的呼喊,
我所梦之处便是你盛开之所在。
盛夏何以漫长如你?
既定的快乐与往来的自由,
真理唯一的界限模糊了,天空
一如你看见的那样沉重。
声与色的呼喊
穿过漫漫长夏的祈求,
回到了将要倾听的这里。
我以一种姿态迎接你,尽管
那并不是我期待中的唯一的姿态。
生活缓慢地失去了应有的感觉,
时间也变成你的装饰。
为了满足胃的需求我从那奔跑过,
而当我终于发现你盛开之所在——
你一如生来之绚烂,
穿过漫漫到来之长夏。

屋后海棠

——给二奶奶

第一次见你是为了离别，
抛开生活的喧嚣与纷扰，
墙苔静默。
相识的日子里，
你从瓦檐的滴水中醒来，
我跟着从你的清芬中醒来。
我得以逃避，从一墙之隔的俗世外，
我的双手得以捧起那泥土。
仿佛今生说尽了想要说的话，
我在这静默的世界里徘徊，并且
不止对着已生起火的灶台，
不止报答，
我的双眼早已在这里生成了星星点点的小花。
我看得见你的过去，
如同我的过去，昨日，
你的生活都零落在昨日。

那么我该从昨日醒来，
为了第一次见你时，把那离别
细细倾听。

2016.8.5

百合的梦

——给TY

初秋的雨,近了,
远了,一阵风的心跳
闪闪烁烁的,远了。
揉下一团月光,缕缕地
抛向云里。远了,
好像你哀怨的心,
迢遥到不可望及。
一朵湿露的百合,远了,
在梦里,
含苞待放着清丽。

遂打开窗台上的梦,轻盈
你像那百合,熟睡着。
瓦檐上的一片轻歌,
唱起了孤单的温情。
雨的流苏,装点在你的梦里。

遂远了，如秋日的絮语
在窗外的风中纷纷凋落。
还有疏叶的淅沥，
诉说着昔日的欢情。
悄然而过了，百合
你别轻踱着步子，在这安静的夜里。
梦是比夜更遥远的眼睛，
我看不见，
听不着，
也感觉不到。

夜晚离去的脚步声拖走了我，
你在美好中醒来。
这遥远的梦的眼睛，
在晨歌中入眠。
你是否记得，
我曾捧着芬芳来你梦里。

晨风中的玫瑰

——给GR

如果遇见你是一种幸福，
我愿用青春温暖你的心。
时光飞远，
你在盛夏后将一去不回。
我能期待什么？
还是遥遥地望着你，望着
你深深默默的沉哀。
晨风中的孤独，
把你凋落。
我无法听到你的芬芳，
只一声微风里的叹息。
怎样把你放在我的怀里，
不让你消散，
不让你透明？
我不愿亲吻你，
因为那灰色的温度

会把你从我的心中驱离。
我还是遥遥地望着你，
望着你在晨风中寂静。

我只愿成为你花瓣上的一滴露水，
面颊上的一行凝泪。

吻一朵茉莉

——给 ZL

吻一朵茉莉，
别担心芬芳会散去。
像童年亲吻的那个女孩，
她可能早已忘记，
也许从未放在心里。
童年多么美好，
我可以任意挥霍记忆。
但那个女孩，
却不是那朵茉莉。

吻一朵茉莉，
把你从睡梦中叫醒，
像吻茉莉那样吻你。
如果你是茉莉多好，
我不会担心芬芳散去，
因为我的吻、我的灵魂

都在这白色芬芳里。
可那朵茉莉，
却不是温柔的你。

吻一朵茉莉，
落下久别的泪水。
吻一朵茉莉，好像
在吻你。

雨　花

——给GR

孤单的雨花，
萌生了一地的柔芽，
它在微风里茁长，
渴盼一世的芳华。

浓云惝恍地飘来，睁开
惺忪的睡眼，
把清滢的泪水
倔强地洒下。

它带着希冀的深目，
降临在冰冷的人间。
梦赋予它最美的事物，
成为一朵晶莹的雨花。

她飘摇着皎洁的身体，

等待每一个路过的欣许，
却被行人激起的涟漪，
一阵阵荡碎了心。

她掩着柔碎的期愿，
溶于渐散的波纹。
她再也无法妆成
那一瞬的——梦的温存。

夏日的歌声远去，
她也不得不离开，以为
自己的愿望是天真，却没察觉
守候的人在默默凝目。

让梦开花

——给GR

睁开眼，看着手里，
把梦这毒药服下。
让它在你的心底
落寞成春天的种子，
并且萌芽、扎根，
生长。
把你的悲伤当作它的养料，
把你的仇恨当作它的雨露，
你的孤独，就是它的阳光。
夜晚在月光里清冷，
月光投映在你身上，
它借着皎洁孕育，
你憧憬得那样美好。

随着时光的飘逝，

你的心会逐渐晶莹。
而它也会冲破这心的狭窄，所以
不要惊扰它的幻想，不要
叫醒它。
想象你已无药可救，
在那片陌生的泪水中，
你仍有一颗晶莹的心。
慢慢地寂静，你会
看到岁月尘封的脸颊。

当梦在你眼睛深处结满花朵，
我将从你的唇上读出粉色的清香。

第六辑
婺　剧

橘　子

那生长在温暖泥土里的
辗转于沉默和妄想之间的橘子，
把脚边的砂砾当作遥远倾听的河流。
一块抹布既不重要也不必要，
在白云安宁的眼睛里，
叶片所能看见的仅仅是天空的虔诚吗？
也曾经如是向围墙伸出双手，
所能看见的
给予阳光的肩膀是肯定的。

谁会想从飞鸟的话语里得到应有之预兆？
巨大的时间得益于想象，一种成熟的色彩
把果实隐藏在推测的诱惑中。
还是有人背着沉重的包袱往山巅远眺，
时间是短促的，
秘密是无限的。
于是橘子可以在静夜里思索，
把失眠者的心情一一饮啜。

2016.12.7

婺　剧

当我从人群的言语里听到，
当我从变化着的光影里看到，
手中的风向那女子的裙裾紧拥，
一种声音
往我的倾听之杯中灌注。
我在横栏外，像是
在那女子的喉咙里撒了一把光，
偶尔刺耳，
我又从那光里掏出一道雷。
旋转着，驻足着，
她像听了一百遍誓言
低语着。

在观众的喊声里，蝴蝶飞走了，
我推开面前的一扇门，
槐花如秋叶般下落。
若有远行，修行的戒律紧随，

生活的眼睛于最细微处绽放,仿佛
沉默之于沉默,
亦如聆听之于聆听。
睡前的辗转反侧,
回忆的欲行又止,
哦,从此处微茫心灵的延伸中我将
从人群的言语里听到,
从变化着的光影里看到。

2016.10.5

哦,夜晚

哦,夜晚,
蓝色甜蜜的夜晚,
明月升起了,暮色静谧,
南风四下探问贝壳何在。
于是我从橘树的灵魂里寻觅,
手捧着珍珠,织成项链,
给秋蝉的话语戴着。
偶然会从风的眼睛里看见刺槐,
那花的芬芳遥远了吧,
连泥土的粉末
都散在夕阳里。

我日复一日想遇见那温柔的日子,
想听着风的轻声细语,想着
在夏天到来之际留在雨里。
奔跑的我连缀着
静静伫立的我。

走过一座桥，
穿过那条热闹的街道，当我
从叫卖声里一眼望见了
睡莲的背影，
那还未成熟的葡萄便都褪变成灰色了吗？

呵，风，请你用夜色深沉的言语
告诉我，
这关于回答的想象和沉默。

2016.9.28

兰溪的七月

你在天边遥远了，化作一阵雨。
灰鹊的啼鸣，你
听见了吗？
不要太早挂上谢幕的窗帘，窗外
夏天的音乐会正继续着呢。
或许隐约可听见，
微风吹拂竹林的疏叶声里
饱含着蝉的歌喉。
那朵云低到可以作为你的帽子了，抖抖水珠，
看，不远处泛着涟漪的湖泊，
是温暖你血液的手套。
尽量裹紧你身上的衣服，
在我快要失声叫喊出来的时候。

我把眼睛望向天边，一阵雨
化作你的身形飘落。
兰溪的七月，是雾一般的七月，

阳光在乌云后明媚。
我会关掉电扇，戴上眼镜，
等水汽的朦胧在玻璃片上清退过后
走向你。

那时我没有必要撑着雨伞，穿着整齐。
只要有一双脚，一双行走在地上的
沾满泥土的脚。

2015.7.13

第七辑

重叠的梦

春日忆李白

形象主义、自然主义、神秘主义，
在太阳流动的时代，
谁都没办法获得玻璃瓶。

我想你该换一下口味了，
要不要来一罐可乐，
写一首冒着气泡的诗。

李白，多么耀眼的名字，
但你数学那么差，不如
我来教你吧！

夜晚的桥
离你大概几万公里，
你并没有看见月亮的斑痕。

收拢扩张的帆船，

酒杯里倾泻的余光，
照亮了一面小小的镜子。

夸张，又是夸张的手法，
你口袋里的几枚硬币，
怎么也买不到跳高的星星。

森林镶嵌在空调里，
不如看一看手机，
宣传你的行为艺术。

“长风破浪会有时”
你一定能吃上汉堡薯条，
放心，不用典当五花马和千金裘。

头顶上悬浮的草地，
空中花园里飞散的雨水，
一切的一切，都在照亮你。

2021.4.2

所有的路都通向火山

所有的路都通向火山，
冷静和不冷静，
取决于落叶下坠的速度。
黑夜、星辰，
满天的灰烬，
火山的爆发或早或晚。

阳光不能给予我们恐慌，
恐慌需要我们去生产。
层层密密的灰烟，
有那么一刻，
被收进了包袱里。所以，
我热爱上了远行。

砖块的诱惑并不强力，
从秋天到冬天，
我都剃不掉那坚硬的胡茬。

河流到了枯水季节变得衰颓，
遗留在河滩上的古老石块，
缓缓发亮。

从秋天到冬天，
我见证了纽扣的陨灭。
火山并未摧毁候鸟的迁徙轨迹，
我坚定地走向森林，
在雨到达地面之前，
花朵仍在开放。

2020.11.18

眼睛是可见的

眼睛是可见的，
所以我用那眼睛审视麦田。

耳朵是可听的，
所以我用那耳朵甄选虫鸣。

嘴唇是可感知的，
所以我用那嘴唇紧贴河流。

我的身体属于雨季，
属于雨季的潮润的风。

灌木丛在灯影里散开，
一群细胞聚集形成了船桨。

雨的千吻冲击着草地，

覆盖了流浪猫身上
一段褶皱的皮肤。

钟声如期穿过隧道，
这种张力本质上等同鼹鼠。

我见证了雨的狂热，
呐喊声顺着血管通往心脏。

羽毛和情绪的真假难以分辨，
我拿起沉重的铅笔祷告，
一只苹果的颜色原来那样浅。

麋鹿向月亮转化的过程，
消耗掉所有的哲学原理。

计算路程是为了找到湖泊，
找到那片干净的水域下
孕育的一条平凡的菹草。

我紧盯着腾涌而起的烟雾，
在记忆里搜寻那被遗忘的面孔。
烟灰落下，露出废墟的本质，
情绪的漩涡随之呈现。

那过于敏感、过于粗粝的玉米，
渲染了本就哽咽着的秋色。
我保持着对生活支离的体验，
收起所有不安分的怪想。

2019.10.17

唯　有

唯有梦是真的，
唯有雨是假的。

唯有你相信了月亮，
唯有不断丢失骨骼。

唯有玻璃是幸福的，
没有幻象，也没有思索。

唯有一再拿起陶罐，
才能完整画出那曲线。

唯有风是物质的本质，
唯有铁锁才能腐烂。

唯有血液渗透着谎言的因子，
唯有眼睛是通向海洋的路。

皮肤上生长出岭南广袤的土地，
唯有粉笔可以成为旅行者。

鞋子开始霉烂了，
唯有寂寥的天空还存在。

唯有用双手捧出崭新的衣物，
唯有暗自收起蹩脚的短诗。

唯有梦到无法呼吸，
唯有观看一场雨的悲剧。

2019.9.9

在火车过道里点一支烟

昏暗的车厢，
沉睡的群人，
手与烟的接触
磕碰出激情的火花。
一截、一截、一截，
仿佛灵魂漫长燃烧的过程。
舌头与牙齿已麻木，
而期待的愉欢
转瞬变成白雾散去。

短暂的时刻，
可供攫取的诗意很少，
叫卖声停歇了，
头脑空白如纸片。
灰烬落下的节奏

比音乐的旋律更整齐，
铁皮槽同坟墓一样埋着烟蒂。
凉风顺着车隙涌向我，
可依然挡不住双唇的倦意。

2019.3.10

除　夕

那幸福的声音我从风里听取了，
遥远的面庞在烟花里，
隔着万水千山的回忆
从明月中照向我。
灯火和冷夜都不再睡眠了，
唯有把祝福的言语
从今晚数到天亮。
而我把祝福全放入了双眼里，
晨起伊始，每一个为我祝福的人
都会得到应有的幸福。
所有能够想象到的快乐，
我的双眼不会吝啬分毫。
明天起，我也会快乐，
眼中的故事我会四处传告，
从风中听取的幸福的声音，
我要用熟悉的口吻
温柔地告诉每一个幸福的人。

那幸福的人会看见明月
隔着万水千山的记忆
回到了不复平静的倾听的这里。

2017.除夕

我于你眼中

我于你眼中见到了长夜，
群星已至，
天空的轮廓被嵌进
百合的身形。
我可以手持一朵窗前的百合，
对夜晚给予的静谧以馈赠。

那些消失在风里的微光，
不知是何缘故的，
我都从你的眼中见到了。
不论明月是不是照着我，
我都以卑微者的躯体为人所见，
连同我行走时的语言也变作尘埃。

可是那百合呀，并没有
如夜色般沉重，
我于四下里能找到的，

唯有被闲置的影子。
在长夜里，我不能说出一个字，
我的嘴唇也是饱受着秘密的折磨。

呵，对着百合我应许以沉默，
既然所见的都是徒劳，
槐花的诉说又将停止，
只是你眼中的夜晚那么漫长，
我怕我的所见太少，便用所有的梦寐
把它沉思。

2017.3.26

口　红

一个孩子在嘴唇涂上了
她认定的色彩，风
一如既往之平静。
我期待中的雨和电的相同，
在彼此的交会中变成花和叶的差异。
人群并不是可供向往的地方，
与其抱着时时会冷却的话语，
不如沉默以短歌的坚定。
而我从来不会于沉默中见到
任何难以想象的存在，
远和近的区别又变成
蓝和白交织的安慰。
我不是都恍惚着不愿看见吗？
那种鲜明的你认定的色彩，
已在我身前投下了阴影。

我会抓取不可明见的想象，
以示你认定的热烈之存在。

2016.12.28

景 象

我记得在昨夜的梦境深处曾有
一朵于月夜下盛开的百合，
它静静伫立着似乎不语，
又仿佛微笑着默默走近。
那百合的身影我是从未见过的呀，
可为什么又感觉曾经谋面？
我和那百合隔得如此遥远，
眼中所见唯彼之注目，
而梦又轻盈得像烟岚，
还未听清它的低声它就已四处飘散。

在过去被我遗忘的无数梦境里，
我曾试图寻找那唯一的百合。
不是说梦可以重现吗？
不是说梦可以反复吗？
那么我能否从昨夜梦里掐取那百合，
投入今夜漫漫长宵之梦中。

2016.11.20

梦与记忆

梦中，月光在屋檐上流淌，
视阈中的夜晚，
寂静、喧嚣，躁动、从容。
春天的气息已远去，窗台上的花
早已凋零，
面色惨白的绿叶在风中摇曳。
行人的身影
湮没在黑暗里，
路灯模糊了虹霓。
月光沉重，灯火消隐在天空，
寂寞的人留下逝去的一片殷红。
微笑
变得太沉默，野草
在轻风中滑落。
是谁，在夜风中吹起了口琴？

回忆是忧伤，是锈迹，是泪痕。

午夜的钟声,唤醒一片云,
遮住了月光和星辰。
天边未褪色的晚霞
独自绽放着,
它想拥有幻想中的美梦。
儿歌轻轻唱起,
那是幸福的依偎。
体会到的是温暖还是寒冷?
蒲扇轻摇,摇过一段金色童年。
被你打碎的记忆,
我想拼凑,却不完整。

梦的边缘是记忆。
我躲过了噩梦,
也逃脱了回忆。
但我无法逃避,
你在我记忆中留下的梦,
是深蓝的海
连接淡蓝的天。

睡　梦

如果一个睡梦，能从你的眼中清醒，
温柔般地、甜蜜般地、轻盈般地
向天空吐出夜的深沉，
我就举起酒杯，对着你的气息饮下满杯的星光。
何时，我经不起你这样的发问：
“懦夫，你以为自己有多大的魅力，可以
让所有春天的花朵都为你绽放。
你这卑微在墙角的青苔，为什么
不趁着阳光还在对你爱抚时
去献上你羸弱到快要颤抖的花？
难道你就这么低头屈服，任凭
时间和风霜的利剑，把你的热情吞噬？”
面对这比刑罚还能使人缄默的话语，
我只有选择如尘埃般静默无声。
然而，我仍会举起酒杯，从你的眼中
窥探那睡梦的低吟。
暖风般甜蜜的沉眠，或许

有一日，也许，就在今晚，
以春雨降落大地的心情降临在我的脑海。

但你的责难，如夜一般寂静，它填补不了我心的空旷。
如果你的眼中真有一个睡梦清醒，
我会给你这样的回答：
“今夜，是的，就在今夜，我会走下楼梯，穿过过道，
我会在车水马龙的街头，对她说，
‘做我这一世的伴侣吧，我找不到
尘世中有任何可以替代你的女人。
我不会让我的心，也随着轻风
如烟雾般散开。
我知道我的心不会如烟雾般迷茫，
它像镜湖一样清澈，并且
平静的湖面上只有你的倒影。’
从你的口吻中，我听出了我的怯懦。
但你似乎忘了，
你始终不能完全看到，我的眼睛
以及我的感情。”

2015.5.7

梦与星

——给QC

远处的街灯明了，周围的夜色
温凉如水。
你从窗外
那一片茂密的枝叶间，
撩响了我梦的音弦。
于是，在风的叹息声里，你开始摇曳，
像碧草招摇着春的温柔，
你开始摇曳，眼的光芒
隔着呓语和生活的尘埃，黯淡
遥远。
天穹下的世界
笼罩着冰冷的阴霾，
轻轻地，我多想吹起我的芦笛，
为疲惫的人们安魂。
只有在你的注目之下，
我的梦才能降临人间。

每个无寐的夜晚，窗外
都伫立着你的气息。
你的凝望
被我思想的网捕捉，尽管我不是游蛛，
但我会用最深沉的笔触
来消化你的热情。
别以为我只会流荡，
我对夜的执着，是一半生活的饥饿
等着另一半梦的荒芜。

2015.5.24夜

第八辑

村庄离我一公里

那些看着逐渐弯曲的

那些逐渐弯曲的落日，
射进原野的光整齐而沉重，
二十棵苋菜的呼唤，
响起了浮于水面的气泡。

弯曲的农民，弯曲的羔羊，
那些看着逐渐弯曲的
绿色葡萄藤，
暗示我们耳环的重量。

快要消失的农民的影子，
那么长，那么真切。
我们曾经躲在草垛里，
见到了自己最完整的模样。

回忆总是干燥的，
到处都弥漫着悲怆的尘埃，

灰色的空气覆盖了麦田，
从烟雾中伸出手的——是父亲！

父亲，古老的称谓，
那个站立在田野中一动不动的人，
守护着最后的麦子
——那些已经模糊了的麦子。

当月亮升上天空，
引水渠再次被照亮。
黑夜盛气凌人的脚步，
揭开了我们呼唤的幸福。

2021.4.18

我也曾在夜里打着灯笼回家

我摸索着提起房间的灯笼
多年前的
满是灰尘的灯笼

那灯笼是一段记忆
说起来无关紧要
无关今日的总体收入

构成记忆的灯笼线索
引领我从河口走向河源
没用船只　只有步行

我也曾在夜里打着灯笼回家
泥土路　石子路　水泥路
路更换了　人　也变换了

从口袋摸出半块锅巴

来喂养饥馑的星辰
但我的食物是粗糙的

草垛里蹿出的弃猫
压低了嗓子叫唤
这模样和我如此相似

我以为那乌黑的头发是森林
就丢掉了铁锹
怎么也不会回头

“天黑了 打上灯笼吧”
我就这样一直走着
没再询问小鬼山的地址

2020.4.27

我在这沉寂的大地上

我在这沉寂的大地上，
只看到了一片雪白。
那苹果代表欲望，
无知哀伤地腐烂。
隐隐发作的红色的能量，
催发我肺部变质的气泡。

天空经由肺部的升引才显现，
低悬的旗帜
印着五彩缤纷的图案。
如果道路足够长远，
我一定要屏住呼吸，
让血液平静地流淌。

在我体内狂奔的兽物，
冲破围栏毫不费力。
我想到了我孱弱的双手，

以及手中紧握着的《船长的诗》。
唯有海水能洗净我身上的污渍，
浪潮过后留下晦暗的滩涂。

在这狂风肆虐的季节，
石阶变得尤为重要。
一颗闪烁的星子，
距离陆地过于遥远。
我匆匆而来,为的是
找到光焰里隐藏的答案。

2020.2.21

一首诗的形成

一首诗的形成
总要经过土地的认可

土地中生养的蜉鱼
贡献出许多新奇的文字

稗管吹出的音调，一下子
拉近了春天与翻绳的距离

屋瓦的材料都变了
我仍然不敢正视门前的台阶

雨声也同样变了
打在木门和打在铁门上的声音
究竟有多少细微的区别

我仍思忖着
童年那支钢笔的去向

声音的记忆一点点汇聚
又一点点流失

流失得悄然轻淡
人的生命腐朽得
终归要比塑料缓慢

一首诗的形成也缓慢

那本应该在夏日盛开的鸢尾
我偏要到秋天才撒下种子

雨水只有遍布尘埃
才能在绝望的干渴里重返天空

点着卷烟,灭掉卷烟,再
点着卷烟,两个动作如此重复
以致月亮失去了
变得圆满的兴趣

事物的轮廓只在夜里显现
我能看得清楚的
不过是自己已经违背的誓言

2019.10.2

我只渴望一个

我只渴望一个
金色的苹果，
病痛是多余的，
那么遥远的距离
开始于唇湾的船只。

太阳底下的阴影，
无端失去了踪迹。
森林是光洁的，
塑像是炙热的，
我和我的花枯蔫了。

我尊重自然之神明，
向他奉献，不断歌唱。
我献出我的双手，
甘愿劳作，而一个判决
击落了两片树叶。

我只渴望一个
透明的苹果，
铅笔融化了，
面具被安排在麦地里，
而收成的季节尚远。

2019.6.14

我手捧着泥土

我手捧着泥土
站在这里，像一个孩子
执着于摇篮里的童鼓。

那蜡白色的狗儿，
我深爱着，但有一天
它无声无息地消失了。

随之消失的还有许多东西：
多尘的土路、斑驳的墙壁，
塌陷的草房、绿色的原野。

我带着泥土出生，
在那刻，我是大地的儿子，
嘤嘤啼泣的我就是一场春雨。

把我降落在这土地上吧，

这生长我的、哺育我的土地，
土地上有我需要的一切。

让我与泥土一起呼吸，
饮下这杯中的薄酒，
然后毫无保有地向河流奉献自己。

我宁愿长久地献歌——
向天空、向四季，
向神明、向光阴。

2019.3.2

我静静地睡在这大地上

我静静地睡在这大地上，
落叶散乱排布于手掌前，
泥土稀碎，玫瑰张开满身尖刺。

几株朴树忘记了与灰雀的谈判，
只欣赏狗尾草的摆动，关于领土的争端
被无休无止的雨水冲刷得霉烂。

我静静地睡在这大地上，
血液被欲望染得污浊，
以致我忽略了长河中的一颗星星。

我难以伸出我的双手，
它们是陌生的语言和文字，
怎么能从我麻木的嘴中说出。

说不出的，可能还有更多，
比如我厌倦了麦子的麸皮，
比如我想卸下脚掌的泥土。

2019.2.18

歌　谣

并非蜜饯和糖果的吸引，
才让这声音流传，
天真的孩子
唱着天真的歌谣。
平静的湖面上是一支桨橹，
它紧挨着桅杆，
古老的乐调
比牙齿还白，
我接着了
游荡的秋千。

我们都有过相同的愿望，
通过润湿的记忆
把碎片连缀在一起。
平凡的日子里，
我们沉醉于电视动画，
转瞬间忘掉了猜谜。

仿佛河流中断，
土地荒芜，
尘埃里的旧屋把双手一颤，
失去了秘密。

2018.11.18

月是故乡明

在经过的许多地方，
在仰望的众多夜晚，
我曾见到无数的月亮，
但唯有那一处引我长望
——于故乡。
那夜色中静默的星星
伫立在河汉上等候说话，
而排列在池塘边的垂柳俯耳低语。
我于那故乡的明月中见到了两只沉重的脚，
而不可避免的预兆悄然接近，
当黑夜用郑重的双手掠过我，
我沉寂的心刹那间充满微笑。
门前的流水载着故乡的深情，
就连泥土也都散发着故乡的味道，
月亮悬在阡陌槐树的低枝上，
瓦檐迎来一阵鸟雀的吱叽。
我细数着过去熟悉的声音，

把呼息都留在了昨日。

今夜我在他乡偶然仰望，
月亮从故乡的房头上升起。

2016.11

豌　豆

——给YSL

那在原野上寂寞生长着的
凝望远处槐树的豌豆，
开出了花。
倘使春水依在，
蝉鸣未晚，我
是否还能听到拂风的消息。

如果飞蓬要离去，
一场雨水
就可以挽留吗？
豌豆在原野上生根，
这条路
没有枝叶的遮荫。
而我
只能于远处静静凝望吗？

呵,为了那开花的躯体
和将要绽放的灵魂,梦寐啊,
且于夜阑人寂处借我
一阵拂风的消息吧。

2016.10.31

麻

——给奶奶

天牛
飞走了，
我手中的线还在。
它一定是想飞往密林里，
那也是我的密林。
这段路多遥远，波光
在菱叶上细闪着。
而庭院内，瓦檐投射的阴影里，
织麻机正奏演着音乐，
她的双手沾满浆水，
汗珠从脸颊流下。
我藏在屋子内，
骂着她往前面逃走，
在一片蓦然的笑声里，
我伏在床柜上
用钢笔写着字。

2016.10.26

你在晚风中

——给YM奶奶

你在晚风中，遥望，
平静的田野悄然如水，
灰青色的山峦连成一片。
茅草随风摇曳着了，
啊，你的手杖竟也和你一样单薄。
饭后的散步由来已久了吧，
无论身处何地我都未曾远走，
为的是一句问候。

你在晚风中，遥望，
车笛声渐息了，
虫鸣声渐起了。
你在这条熟悉的路上，步履蹒跚，
眼睛——那眼睛像露珠般澄澈。
但是啊，你早已望不清这许多东西，
你仅凭着声音来瞧见我，

仅凭着记忆去回望我。

你在晚风中,遥望,
天边明月初上,
身后黄昏在菖蒲草中退去。
暮色苍茫,你在这路的尽头驻足,
是在等待着谁吗?
七十七年,生活还在继续,
为了能留下一丝安慰,
你平静思索,独自叹息。

2016.8.18

暮　年

——给爷爷

在长满芦苇的池塘里，
我掬起一捧清水洗脸。
衣袖和裤管上
沾着泥土，大致干燥了，
在涟漪中瞧见自己仿佛瞧见明天。
自言自语是时间锈蚀的，
那么多迈向泥土的反应，
而损坏了的
不仅仅是牙齿。

还是要提着篮子出发，一段路
通向远处的高地。
土地，干燥龟裂，
露出草的根，树叶在水面上
投下了一大片阴影。
哦，祖先的坟上生出了几株椿树，

石碑上爬满了青苔。
我不觉在田埂上长叹沉默，
忍不住思索。

我早已不在乎穿着了，
鞋破了就破着吧，
纽扣没扣就让衣裳敞着吧。
我以为算盘比文字来得更容易，
但仍抱着一本旧版字典去细读。
没有太多人想了解我的看法，
可能因为在漫长的岁月中
我习惯了偏咸的饭菜。

2016.6.17

芹 菜

你那么粗糙,我真的
像吞咽抹布一样把你送进嘴里。
咀嚼是不必要的,
秒针在钟盘里走着,生活
并不那么精致。
我想象着一个春天,
泥土在雪水中潮润,
柳枝垂到了湖面,而我的知觉
会融进微风里。
苦涩存在于记忆,谁会无聊到
在花盆里植上一株菖蒲,
等着暮春临近。
我的思绪时常颤动着,你为了一片云,
想抚平落入水中的枯叶留下的
涟漪。

面对你与胃壁的斗争,

我的惊悸没有那么明显，
也不值得与手指抵触。
你长久地伫立于
远方的高地，也可能是
某本健康生活的食谱里。
夕阳周而复始地悬挂于瓦檐下，
喧嚣的工地上
进出的车辆，依旧
堆满尘土。
人声的哗闹那么近，又
连绵着、翻滚着，你怎么能
清洗掉垢留的人性之恶。
我惧于声音的锐利，所以我奔跑，
但你的步伐又那么急，
让我难以赶上。

也不必点一支烟提笔继续了，
我的思绪已经延伸到了
夕阳的尽头。

向生活招手

明天可能会下雨，不管准不准确，
反正天气预报这样说。

出门上班要带上雨伞，最好雨衣也带着，
车应该骑慢一点。
每天养成了早起的习惯，
所以不用那么赶，路上
车还很少，林子里隐约着鸟的清啼，
四周似乎还有薄雾笼罩。
途中唯一能听到的
便是市场里的摆摊声，
鱼在水盆里乱蹦，
氧气管冒着连续密集的水泡。

总可以听到人们对生活的谈论，今天
肉价跌了，买两斤回去，
而青菜贵了不少，

看来得过一阵子再买了，大蒜和生姜
做菜不能放那么多了，
只有那堆在市场外可怜的辣椒
本来价钱不高，又降了
四毛。
家里米快吃完了，下班带一袋回去，
上次的粳米好像吃不习惯，这次
换个籼米吧，九十元一袋的那种，
能吃一个多月了。

要早一点过去把水烧了，
人一来就要喝茶，
地还没拖，桌子也没抹，
除了自己，谁也指望不上。
过几天还得请假，嫂嫂家儿子结婚，
自家人，要帮忙应付，置办物品，
确定好要请的人，一个都不能漏。
上个礼拜，医生说五天后复诊，
就在后天，
这得记着，身体是大事，
还有很多人要伺候，身体不能垮。

听同事说中学旁边新开了一家超市，
东西大减价，活动只搞三天，这么看来
今天是最后期限了，算了，

下班一块去看看。
每天经过的这条路,又开始大修了,
可这路才修了没两年,
不得不感叹道路的脆弱,
在它的脊背上
怕是只有双腿才可以招架。
有些事听多就麻木了,普通人的神经
在刺激过后会僵死,只留下知觉
和一副活下去姿态的身躯。

我所能做的,就是
让生活继续。
也许没那么精彩,那么
五彩缤纷,但因为我还能走在生活的路上,所以
能够忍受柴米油盐的计算。

2015.8.18

第九辑

河流与夜晚

忆游秦淮河

我是为寻找光而来，
地上的光，地下的光。
河流贯穿了我的身体，
小船驶进心脏，
经过白色嘴唇的桥。

我是人群中的一颗石头，
无数的光进入画布，
渲染了快要熄灭的门。
所有商品进入冷却期，
青色石板代表的情爱符号，
为糕点的繁荣创造了条件。

人力车的铃铛
天生是潮湿的体质，
手臂自由放下，
引力只存在于物理学。

河水与河岸连成平面，
螺旋桨船上的李香君
戴上了装饰有圆环的鸭舌帽。

一把折扇摆在商场中央，
玻璃柜阻挡了牛肉的香气，
才华不合时宜。
贡院旧址，
纹丝不动的蜡像，
乌衣巷进入夜晚便不会改变，
好像所有传说都迎来了
生命力的片刻。

2021.8.2

我从群山之上降临

我从群山之上降临
裸身面对尘世万物
已经接近的和即将接近的

我有丘陵的眼睛和海洋的双手
越过地平线升华的丛林
古老藤树下不腐的红花

我有大江大河的灵魂
我有千万重雪白的波涛
渔船荡着我的血液驶离平原

我就是黄土地的化身
绿色的麦子和沉淀的稻谷
储藏在胃部未消化的骨骼

通过星辰我认识了黑夜

通过影子我找到了微光
橡树的果实和我苍老的四肢

我迎来那风 那雨 那苦寂的锁链
一切的金属都被我吸收
我愧疚的是那破败的物质

厚重的皱纹啊 年复一年
无非是戛然而止的话语
我不再踏上满是灰尘的道路

我曾赶着羊群走下山岗
那一望无际的放纵的田野
并没有生产出明亮的诗歌

一个爱人全部的痛苦的早晨
一条通往南方的生锈的轨道
屋顶的闪电平息了

我割开松果惨白的皮肤
捧着它孕育的新的生命
夜晚来临 未成熟的高耸的旗帜

呵 坚实的心脏的夜晚
奔跑至茶园的白鹿

从我梦中经过 不留痕迹

我要感叹大地的炙热
我要感叹盛夏的光辉
驱散阴霾的光辉和革命

我奔向落日的山坡
等待灰暗疲惫的人群
高粱地正塑造着天空

人们望向前方
匆匆拾起简单的欲望
在没有尽头的路上缓慢生长

2020.5.10

大河已死

大河已死，
再没有驶向洲心的船只。
我会忘记这样的时刻：
处于摇晃的甲板，
凝望衰老的落日。

直到眼前出现一片森林，
我才放下手中的沙子，
握住桅杆，风已停歇。
怀疑的种子一再播散，
肺部的夜晚浓雾重重。

大河已死，
我不会哀唱挽歌。
最为凶猛的鱼类，
也脱离了淤泥的掌控，
流动的水变为静寂的水。

让人迷惑的解构主义，
分摊了废墟的生命力。
任何形式的占有，
都归属为自由，
而我的桨橹默然无声。

一个故事的诞生，
得益于另一个故事的结束。
在变质的土地上，
已看不到扑翅的飞鸟，
和生长的麦苗。

大河已死，
随后我会呈现出孩子的模样。
花朵从天空脱落，
在葡萄成熟的季节，
会发现到来的蜂群。

2020.3.25

流动的白云

流动的白云,物质的双手已经张开,
落满灰尘的渔网撒向河流,
我的身躯空洞而乏味。

那消失于飞檐的
白鲸般的晚风,
我曾在说书人的背影中长久追寻。

热烈而羞愧,冷静而厌弃的眼神,
在天真的灰鸽子的尾巴上被掸去了,
角落里拨弄乱网的蜘蛛如此提心吊胆。

此刻一片皱黄的芭蕉叶掉进夕阳里,
深秋的信号,被阴影中怯懦的雨丝
濡湿了。那落日虚假得像诗人的言辞。

我得益于一种假想的方式来记忆,

纷乱的碎片像壁虎一样依附于橱窗，
它沉重而完备，如同血液贯穿我全部的躯体。

想象的尺度被我拒绝，
我只相信时间，并且
拥有它的全部沉默。

2018.9.26

山秀园[①]

我把古人的痕迹紧握在双手的力度中，
从容的刀口游依着历史的实质。
那透过自然馈以新墨的微光，
在此刻的身体里叹息惆怅。
我所见到的是黑暗、死亡和冰冷，
而我所听到的
则是落日、欢歌和飞沫。
在傍晚的归途中，
隐约可见贪耍孩子们留下的
余影和深浅不一的脚印。
等黄昏敛起最后的衣袖，
那寄居在螺壳中吟诗的小蟹，
便又都举起胳臂回来了。
这是怎样巨大的空间，
才能包纳我们双躯的未知。

① 山秀园：寿山石的一个品种，常见的寿山石料颜色是黑白黄三色分层分布，特别容易让人联想到落日海滩的景象，很有诗意。

我把手指当作追逐夕阳的木浆，
而潮水却一次次将我推回岸边。
一霎的快乐不过是向砂砾乞求
憎恶的落叶，彷徨的悲歌在内焰的喉咙里
平复了被碎木屑驱使的万分之一想象。
一片白云的力量曳不动红树林干瘪的嘴唇，
所以在它沉重的口吻里化作了
被海风精揉细挎的粒粒雨珠。
那在血液里燃烧的贫瘠的夕阳，
是我得以捧着灰烬含泪仰望的土地。
那比蔚蓝的天空还要坚硬的汽笛声，
在长久的回扬中与疲惫的信天翁一同归来。
如果那不朽的身躯可以流行，
我便用所有的精神造一处居所，
作为诗意曾经存在的证明。

短　歌

当天空慌乱地把消息传来，
疲乏的雨随之坠落。
我郑重地用耳朵听知了，
不断消失的声音在风里
一点点带走我。
那不知所欲为何的风的声音，
悄然出现在我的面前，
用我熟悉的眼睛望着我。
我可以向四下里寻找着白鹭鸶，
作为你留下的痕迹的想象。
窗边的夕阳是黄昏最后的时刻了，
晚风尚未吹来，
尘埃也未落下。

2016.12.16

中江塔[①]

当夕阳的余光曳在了江波上，
往来的铁船
锈色可见。
装上了精密仪器的船啊，
如今再也看不到
中江塔上那昏暗隐约的
火光。
也许江水涌来，触到了塔尖，
借着避雷针的抖动，
可传来一句："好蜡烛。"

青弋江与长江的胸口是搏动着的，
东流的江水
留不住废墟的焦味。
在历史的旧焰里，
有荒败，
有更生。

2015.11.30

① 中江塔位于芜湖市青弋江与长江交汇处的江堤上。芜湖古地即在中江畔，中江塔因此得名。

鹊　桥

今夜，我便要来了。
今夜，我便要来见你了。
人间的灯火，在地上亮着，
你看，那是人间的灯火
在地上亮着呢！
我载着孩子来了，在这鹊桥上，
在这无际的银汉上，
我带着孩子来了。
但是，我心爱的人，
你在天上又过得怎样呢？
天上，定是那无忧的乐土吧，
定要比人间少受许多苦难。
一年一度的期会，我知足了，
我要对你说尽心底的话。
你要在那里等我，纵然岁月流逝，
我仍要与你团聚。

今夜，我便要来了，
在这鹊桥之上，
我便要来见你了。

滨江公园

迎着晚风，三个男人
骑车出发了，目的地是滨江公园。
其中一个男人戴着耳机，听导航
告诉他们正确的去向。
岔路真多啊！
头上还滴着小雨，偶尔
会有一片叶子
从树枝上脱落。
呵，前面的红绿灯坏了，
还有一公里，
然而三个男人并不累。
入口处，摆着各种各样的
烟花和许愿灯。

沿江的路似乎很长，三个男人
走着，
风吹波浪和江涛拍岸的声音

涌入耳中。
在某个观景台上，三个男人吹着风。
来的人并不多啊，而戴着耳机跑步的
却有好几个。
他们前面有一些雕像，一个
铜铸的古代模样的小孩，
身体暗淡，
头却光亮着。

是时候回去了，他们沿着
江边的一条街道回走，
一个叫作“菲比”的酒吧出现在眼前，
探照灯乱晃，
浮躁的音乐
赶走了一群在垃圾桶边觅食的
蚂蚁。

他们停车的地方，
开始了喷泉表演。

2016.3.13

第十辑

咖啡店长廊的病人

我想要获得一种救赎

我想要获得一种救赎，
渴望不断发掘，
从我眼里发掘出星星，
把星星变为我的手指。
一个谎言，一百个谎言；
一具皮囊，一百具皮囊。

我要发掘出一个太阳，
太阳里有金黄的乳酪。
我要发掘出一个秋天，
见证它短暂的过程，
在落叶抵达湖面之后，
一场雨就紧随而来。

牙齿那么光鲜洁白，我渴望
从里面发掘出羊骸的神经。
故事当然具有故事性，

一滴水里隐藏的剧本主角，
总把雪花作为背景环境，
而情节总被刻意忽略。

疲乏、困倦、烦躁、不安，
情绪的漩涡吞噬着角落的苔藓。
琴弦尝试与天空对话，
它们之间相隔着银河。
我要发掘出一粒尘埃，
弥补上传播媒介的缺失。

我要发掘出一把滚烫的尺子，
计算好蜀葵凋谢的时间。
那么光怪陆离的物质的假象，
填埋了一条干净狭窄的河流。
河流赋予我们理性和欲望，
让我们只顾攫取，缺乏想象。

2019.12.7

就这样相对站立

我们就这样相对站立,
隔着阳光和空气,隔着
虚无和短暂自由。

我要吸一口纸烟,
不顾花朵的暗示,
撒下这张渔网。

精神的手臂在心中酝酿,
你隔着我,好像静止了,
便接纳所有的船只。

酒杯从来都是空的,
稻谷同样,麦子也是。
没有供人瞻仰的旗帜。

所有的桅杆和桨橹，
一起向橘子忏悔，而此刻
我们就像这样相对站立。

2019.5.8 晚

狭窄的空间内

狭窄的空间内，
所有幻想悬挂在
一根棉线上。
这五光十色的味道，
涌入了我的鼻孔。
假如此刻有
玫瑰花的芬芳，
我会用一只手电
照向潮湿的砂砾。

白云那么白，
连夏天的影子
都被掩盖了。
我伸出双手，
兜住了一片将要降落的雨。
某段记忆里的闪光，

黑或白的刻画，
面包褪色了，
木门合上后又开着。

2019.4.19

黑匣子

黑匣子
大雾
密林
水汽
虹霓

电热炉
衬衣
纽扣
花盆
别针

2019.4.17

写于黄山文峰

一支迷人的歌

风吹了一下玉兰，花瓣
卷到我的脚边，
一支迷人的歌响起。
谁在唱，谁
又在倾听？
痛苦和忧愁在岸边疯长，
文字的眼睛
在桥上窥探。
爱情啊，戴上你的帽子吧，
你的脸我已经看倦，
可思念的人啊，
究竟未再谋面。
如何能让我摆脱
生活的锁链？情感飞远了，
未见停歇，
也不回头。
所以我就用这手忏悔吧！

河流静静地
躺着，它不悲伤。
喉咙干涸了，
像一栋很久没见的老房子
落满了灰尘。
谁能替我翻译仓央嘉措的诗？
昨夜梦中的爱人骑着白鹿走了。

我要用牙齿咬住
牙齿，用舌头翻卷神经。
建筑越来越高了，
一只壁虎躲在楼梯下。
原始的热情变得喧嚣，清晨的鸡鸣
变得稀有。
珍贵的阳光落在谁的衣服上？
温柔的、甜蜜的、
不知所措的眼神，
在弦琴上驻足了
一百个今生。
干瘪的茶叶舒展开，
旧情人的味道
陈列在模糊的记忆里。

黑天鹅(之一)

也许黑天鹅从黑夜飞来，
到了白天便白了。
这黑色的身姿，
变换着倒影，
它的悲鸣在空气中褪去了颜色。
如果空气凝固，
风就消失了，
黑天鹅不会再有伸张羽毛的
欲望。
早就该是一部默片，
黑天鹅与白天鹅的演艺，
仅展现餐后的多余动作。
她伸长颈项，
闭上满张着的喙，
因为它了解云层的浩瀚，
所以忘却了阳光的烧灼。

2018.11.30

黑天鹅(之二)

我干瘪的嘴唇无法
亲吻你,无法大声呼喊,
一扇木门突兀地摆在这里。
未曾拥有眼睛是幸福的,
这样就不必拥有群星和花朵。

你把灵魂安放在何处?
某种声音越过森林传来,
我的帽子吱吱回应。
所有沉默的木桥都向水面
投下了一片干净透明的叶子。

当你打开喉咙鸣唱时,
我已离开了这片颤抖的土地。
霓灯变换成彩虹是悲哀的,
为了见到远处将要消失的河流,
我不得不伪装成哭泣的孩子。

我要代替你接受羽毛

单纯的腐烂，用骨骼
完成对你忏悔的仪式。
柔弱的基因塑造了天空，
白炽灯剔除掉多余的脂肪。

白色的网。白色的界限。
镜子扮演着诗人的角色，
假花的替身衍生出相差悬殊的形象。
黑色的河流承载着黑色的船只，
黑色的花朵孕育了黑色的阳光。

2018.2.28

2021.5.17 改

线 条

肥厚的线条，瘦弱的线条，
彼此的交织贯穿于
狭窄的心灵通道。
谁深信语言的魔力，
这天然的吸引
发射于双唇的红弓。
自信筑起的防御，
抵挡住怯懦的出手。

残缺的直线，完美的曲线，
血管张开的声音
在罗网中无限延伸。
线条会合的交点
捕捉到了肌肉的颤动，
平静过后又散乱排布。
含蓄的、激情的，无力的、热烈的；
模糊的、清楚的，短小的、长久的。

2018.11.9

黑色的灯光

黑色的灯光，
寂静与混沌，
纸箱的形状掺入了
生锈的铁钉。
呼吸
急促
而又沉重，
生活的分量
轻如鸿毛。
怎会没有一把火呢？
煤炭激烈地碰撞，
这声音
像碾碎泡沫一样
软弱。
如果石块坚硬，
那就没有必要
一争高低。

黑色的灯光，
照见了我的全部，
可见与不可见的
都是一样。

2018.11.3夜

色　彩

这种色彩，
简单、透明，薄如羽毛，
它鲜美而沉着，
从我的眼中铺散至所有角落。

我追逐这色彩，
如捕捉影子一般贴近它，
我感受到它的血液在脉管里流动，
它的呼吸成了摘下叶片的风。

它从我的双眼里显现，
变为我所见的它自身的全部。
它像一种气息，萦绕于我的手臂，
并且紧附我的身体为我穿戴。

这色彩坚硬、柔软，
寒冷、温热，

它充满我所有的感官，
给予我浓郁的阳光和铃兰。

在百合的影子里
它跑开了，
那仿佛在眼前的幻象，
颠倒之后悬隔成了银河。

这色彩不懂得
想象的疲倦，
它隐藏在我的双唇间，
成为我永远不能说出的语言。

2018.10.23

风暴中的白鸟

这是一种征兆，古旧的，
带有强烈预言的征兆，
风暴
诞生于满是盐味的高楼大厦间。
它盛气凌人的姿态如此
骄狂，
毫不犹豫地吹向你——
这只孤独的白鸟。
你像只幽灵，
在风暴中高飞，
揭开了雨幕中的重重景象。
华灯在璀璨中腐烂，
你的喊声
不停，
但是穿过无数街道之后，
没有得到一声回应。
你开始怀疑自己的面目，

向车水马龙质问
自己为什么出生在这混乱的世界。
在你可能存在的想象里，
是否有过南方那温暖土地的
刹那剪影。
如果你曾听闻南国，
知道那群山和湖滨，
一定会逃离这里。
但是高飞的你啊，
在聚集的风暴中，
只能消逝于这钢筋水泥的坟场。

2018.8.26

我不知为何

我不知为何忽然彷徨，
像白昼底下
一只蜷缩的刺猬。
手掌，纯净，
只张到最大的限度，
平静地接受
眼底泻出的几缕日光。
仿佛经历的感想已成幻觉，
只剩下一片薄逸的白云
盘旋落于浊热的花丛。

我不知为何突然徘徊，
像刺槐树旁
几块锈烂的铁钉。
血液，澄清，
以流动短暂的姿态，
生涩地捧着

夜莺给予的几朵羽毛。
好像记忆的真实都成梦想，
只余下一张彩色的皱笺
回旋飘于困倦的书桌。

我不知为何骤然犹疑，
像咖啡店里
那套陈旧的沙发。
胳臂，厌乏，
仅显示瘦削的骨骼，
长久地承担
蚂蚁遗弃的几顶贝雷帽。
似乎欲望的假设皆成定理，
只留下一段昏黄的烛火
环旋坠于斑驳的地面。

2018.8.20

包孕性的顷刻

有谁可以借我一段霓虹的光彩，
仅仅是那最简短的一部分，
那被人厌恶的，
被抛弃于广阔街头的最小部分。
我明明看见它朴素的眼睛，
纯洁的灵魂，还有
一双打着哈欠的手。
但，为什么没人愿意把它交由我？

我不是浪荡的游子，
不是麻木的罪犯、可耻的叛徒，
我只捧着沉甸的黑夜，
做一个催眠人们入梦的使者。
造物主的面目多么清楚，
他如何将他的声音传递给每一位蒙恩的受众？
历史性的结果从来都是未经准备的，
就像那些被忽略的精彩细节，
往往成为了包孕性的顷刻。

2018.4.30

面　孔

我的虔诚是不足信的，
我有千变的面孔，
在阳光下撒落的
是我唯一展示的一面。
还好说谎需要勇气，
我得忐忑半个小时，喝口汽水，
在面对的人前假装镇定，但
太累了吧。

我的面孔看起来不成熟，
很多秘密隐藏在里面，
任何语言的引诱都是徒劳的。
而我在这样的面孔下
遇到大叫的黄狗也会抖动，
我会毫不犹豫地吃下早饭，尽管
鸡蛋已经凉了。

在虔诚的信仰里我迷失了，
玩笑的开始总是出乎意料。
不如把左脚的鞋丢到河里，
桥上的人在经过的地方，
留下了几排整齐的脏脚印。
在我的面孔里空荡无物，
却容纳不下任何的痛苦。

2017.2.21

我的胡子

我的胡子
是黑色的，黑得发亮，
黑得稀疏。
好久没有刮过胡子了，或者说
我根本就没刮过。
有太多人惦记我的胡子了，他们
想把它消灭掉，可我偏偏就那么固执，
让它存留了下来。
我的胡子很丑，像狰狞着的黑犬一样
让人感到不舒服。

可胡子代表着什么？
它在今天人的眼里不过是
没有用处的废物，可我的双手
仍旧抚慰着它。
没有了胡子，我仍然健全，
但总觉得少了点什么，像是

我本就空荡的口袋里失去空气一样。

有人告诉我
胡子像春天新生的草，不剪
会疯长。
我于是更加坚定了自己，
要留住下巴上的青草，
因为雨季到来之前
土地不能赤裸。

2015.8.10

非

非云
非花
非石
非木
非火
非雾
非雨
非彩虹
非霓灯
非高筒靴
非冷夜
非水泥楼

非我

空白页

我没有写诗
我不会写诗
我笔下的每一个字
都与诗无关

第十一辑

十二度的秋天

此处的秋叶落了

此处的秋叶落了，
雨
在伞上。
那于路面汇聚的积水
悠然地开着莲花，
秋叶
做了采莲女的舟。
当喜鹊庄严地走来，
在远处伫立的芦苇
正向我招着手呢！
那盛夏的迷人绚烂，
在秋日的思索中慢慢平静。
遗忘在等待的期许中
变得轻盈。
不论是执着于枝头，
抑或是畅想于归根，
双眼的热情未变，

此刻的怀想仍在。
而身在远方的秋叶，
想必是
在等待的期许中
也落了。

2016.10.20

2020.5.8 改题

秋，来了

秋
来了
带着连绵的细雨
它来了
我于那桦树枝头
看到了
雨的郑重
我于那窗前夹道
听到了
群芳寂寥
而连绵着的细雨
把落英嗅遍
且于沉默的空气中
拥向我

2016.10.14

2021.5.8 改题

五月的风

窗外，五月的风
平静得像深夜的台灯。
微暗的光被吹软，星星
在稀疏的草丛中闪。
虫鸣穿过玻璃窗，
粘在屋角的蛛网上。
那是夏日的歌声，
被我的眼睛捕捉。

夏日的歌声
在五月的风中，寂寥的夜晚
有谁倾听？

2014.5.9

夏夜的歌

这夏夜的歌，你为谁而唱？
我在寂静地听着，紧闭双眼。
遥远的明灯，在微风中献礼。
你的歌声似露珠般清澈
明亮，和你凝目的心一样。
我把明灯遥远的柔光
紧握，轻洒在你的眼睛上，
就像月光斜落在湖面。
夜是寂静的，比
窗台上熟睡的百合还要寂静。
在夜的静谧里，
你孤独地歌唱。

因为倾听你的人已经远去，
所以你把歌声留在他梦里。

盼 雪

如果
明天很冷，连湖面也结了冰，
你会不会回来？
没有你的冬天是寂寞的，
梅花也在寒风中舍不得开。
在我布满灰尘的窗台上
少了你的身影，
一个接一个，
一片连着一片。
好久不见你漫天而来，
撒下裙角白色的羽毛。

羽毛落地，
终会化为黄土，
而美好的幻梦
却还在天空中飞扬。
你就是那美好的幻梦！
只是我们之间，隔了一层
打不开的透明玻璃窗。

我的春天

我的春天,隐藏在花蕾里。
你悄然地来临,播散
柔软的烟雨。一阵风
紧随,万千的嫩绿
像被你用画笔染过。
河堤上,初开的海棠
朦胧在细绵的柳条里。

你于是找寻着
故日的居所,屋檐上仍旧崭新的记忆
被你突然识出。
你于是飞上我的檐角,
进入我的心中。
我年复一年地守候着,等候着,
只渴盼春日的来临。

而我的春天,隐藏在花蕾里。
你悄然地接近,又消失在
春日的深处。

春天的距离

侧耳，倾听这鸣虫的聒噪。
它们在草丛里聊得多欢畅，
最后的时光
它们把握得很好。

但是，燕子啊，你却不得不离开了。
秋风，紧催着，你在无人的时刻
悄然飞走。
想你来时的翩跹，呢喃，
声声地唤醒了酣眠的柔芽。

我沉梦了多久？竟感觉不到
这春日的气息，还是一片沉静。
你在我的心檐上筑巢，把它
当作春日的居所。但是燕，
你却不得不离开了。

因为我爱你，燕子，
所以我想挽留你，让你
永远留在我的心檐上。
也因为我爱你，燕子，
所以我希望你离开，远远地
飞出我的目光。

这是我所有的歌谱出的送别，
在祈求你来临时，
整个冬日的沉眠。

灯　笼

隔着窗户倾听，
被雨点亲吻的各种声音。
这夜，似乎是不平静的。
零点的钟声敲响了绽放的焰火。

睡眠深处的梦境啊，
可曾失掉了绚丽的颜色？
两只透过犬吠的红灯笼，
像你熠熠生光的双眼。

夜　景

窗外
霓虹的闪烁
树影的婆娑
流萤的私语
以及月光的幽冷

在寂静的微风里
我的心也飞离了轻歌的玫瑰
夜
把星星装进你的眼里
我的灵魂在梦里飘落

良 宵

我用舌头舔舐着那些看不见的风，
原本不可见的夜
仿佛是可见的，并且
还在风的阴影里旋转。
我得向那浓云探问星子何在，
灵魂绕过我的躯体
不可见了。
是不是我在槐树下
遗失过一个棕色的木制匣子？
我如何向真理发问，
难道去年的我没有变成现在的我吗？
倘若用来说话的嘴唇迷失了，
我决不让眼睛缄默，
玫瑰尚开在不远处。

但是我的灵魂呀，
它生在夜的怀抱里，
我这颗木制的心不能盛放。

是的，我的躯体疲倦了，
渺小而狭窄的渴望。
从厨房回到卧室，
那么短暂的距离，近在咫尺。
所以我要探知云外星子的踪迹，
至少可以想象到的遥远，
此岸到彼岸。
我掀开了夜莺的眼帘，
美梦本触手可及，
呼吸又那么沉重迫近。

2016.5.30

三月的歌

三月的歌喉，我听见了，
我站在油漆脱落的木桥上，听着
河岸嫩柳枝的呼吸。
呵，风的味道清晰了，
走近，一团白云缓缓地
掉落在河里。
哦，三月的歌，
那么近，又那么远，
仿佛触手可及，又
遥不可及。

2016.3.23

回　望

你转过墙角，
眼睛极为沉重，像
游鱼探向花津的深处。
当波光与你的眼光相触，
水草在风里吟唱，那紧拥着石柱的青苔呵，
低诵着情诗。

于是你把手浸在云里，感知到
那冰冷的液体是寂静的鲜血。
青春还倒映在河面，
而你发觉自己不能呼吸，遂化作一条游鱼
探向花津的更深处。

2015.9.24

暮雨中的鸳

——给友 LHY

哦，风来了，孱弱的风
把焦躁的雨拂来，
那么一阵，
满池的波光粼粼。
垂柳在暮色里辨出了烟和雨，
低咽着，
哦，低咽着，
七月留下了太多迷蒙，在大地上。

从远处飞来的鸳落在池面，
它沿着风的方向，梳理羽毛，
双掌拨开的涟漪
竟和雨点打在池水里的涟漪一样。
一样。哦，一样！
那习惯了屋瓦的雨声，
和飞机经过时的沉鸣一样，

藕花和刺槐的叶一样。

我的眼睛和所有的感官都一样，
眼中所见的池水
是耳中所听到的绵延至天际的长河。
那长河，一定是非常遥远的啊！
鸳独自游着，
在此生与彼生的信念里，
在等待着的痛苦与欢娱里，
鸳沿着风的方向，游着。

2015.7.15

我有一支湛蓝的笔

我有一支湛蓝的笔，
能勾勒你天空般的轮廓。
云烟和晓岚，是你
发髻的装饰。
还有，繁星和月光
闪烁在你的深目里。
风的轻拂，我能
感受到，那是你的呼吸。

我有一支浅蓝的笔，
能勾画出鸟的形体。
因为我是那只鸟，
想要扑入你浩瀚的天空。

晨　起

初醒的阳光
轻轻地卸下她的晨妆，一片云
重叠在绿荫里。
河中的芦苇
无拘无束地嬉戏，被惊起的
一圈圈涟漪
荡开了浮在水面上休息的浮萍。
翠鸟的笑影，携着
嫩青的柳枝，
隐没在春色里。

第十二辑
热　焰

热　焰

1

再会吧，麻木的偶像！
再会吧，呻吟的雕塑！
低沉积压的乌云不是漆黑的夜的出路。

我要向耕作土地的铁犁取得生命，取得——
老水牛的气力用尽了，
它永久告别了田垄和干草垛，告别——
我要把火的种子从手中高高举起。
火的种子。呵，火的种子！
我期待这热焰把一切丑恶和虚假焚毁，
用力催生出属于自然的完全的月亮。

热焰！热焰！
我无依无靠时多么渴望靠近你，贴近你
真实饱涨的灵魂，尽管会灼伤我呵，
别去管那干瘪的痛觉。
从我被物欲驱使奴役的那刻开始，

从我丢掉锄锹、丢掉草鞋开始，
农村与我无关了，羞耻心与我无关了。

我想放弃柏拉图那种纯粹的理想，我只渴望
一团燃烧着的热焰，一团喷薄着、放荡着的热焰！
热焰！热焰！
把我搂在胸前壅积的淤泥烧掉，
烧掉——
把我血管里枯腐变质的血液烧掉，
烧掉——
把我双手霉烂、肮脏的指纹烧掉，
烧掉，烧掉——

火的生殖连同夜的生殖一起发亮，
它们共同交会碰撞出群星，碰撞出
北冕星座，我的生殖被夜的生殖紧紧包裹。
旧式打谷机破损的零件再没更换上新的，
它被弃置在杂货间里，不会有重回稻田的机会。
我只能依赖火的温度去想象，一条
古老吱摇的秧凳。

2

在角落里呼唤闪电的沙子是一种象征，
这象征让我趋向于火，趋向于火的热力，

贪婪的天性逼迫我毫无顾忌地去攫取，
向自身攫取，向疲惫仁慈的大地攫取。

我将是一个农民，我接受这沉重的命运，
既定的命运把我和土地连成一体。
从稻田到麦田，从油菜花到芝麻秆，
它们无一不发挥着光阴永恒的生命。
呵，生命！我的生命在物质的消耗里
殆尽了，我惧怕这样单纯的拥有，
血肉的灵气截断了河流，
于是船只失掉了桅杆。

我一定要种上一片庄稼，日复一日地锄草、
治虫、培肥，我服从这悲哀彷徨的镰刀，
镰刀代替了双手中已经衰败的热焰。
火的语言是唯一的语言，我渴望逃离，
渴望摆脱盛气凌人的血液的纽带。
物质的本质拉开，如同一张巨大的夜的网，
我和摇晃的热焰明白地交换了，
交换了——

但火不能属于我，随意地属于，
我和火是两个对立，我是被斗争的对象。
我和我的肉体也是两个对立，我依附于夜，
我应该被我的肉体无休无止地斗争，被流放。

浩瀚的旗帜上盛放着玉米粗糙的骨骼，
这骨骼来自于我的肉体，我的——真实的肉体。

热焰中生长出的铁剑断开了，
我本能依靠这铁剑向我自身审判，
可是铁剑断开了，同我肉体的想念一齐断开。
我捧着手中那盏绝望着、哀嚎着的油灯，
拒绝火的给予，拒绝任何尖锐冰冷的形式。
恐惧的荼毒在荒野的洞穴里隐身。
（再也回不来了，那把充满灵魂的豆子。）

3

哦，再也回不来了，那梦中的八仙花消失了！
我长久守候的八仙花，爱与美的记忆，
激情而热烈的假象，统统归向了死亡。

死亡，呵，死亡！
多么迷惑的字眼，我惧怕死亡，
惧怕虚无，惧怕此刻的万籁沉寂。
我需要一个声音，任何的真实的声音，
（没有声音等同于死亡，此刻我正接近死亡。）
睡眠是最珍贵的状态，不是吗？

热焰充当声音填满了我的耳朵，

所有能想象到的欲望，我都向它索取，
一丝一毫的细节，它全部呈现。
我要放弃欲望，放弃天空和竹篁，
放弃罪恶的酒杯，放弃陌生的珍珠。

我只拥有一个梦，一朵黑白色调的八仙花。
我无法丢掉和遗忘它，它存在着，
随着时间的流逝它愈发清楚，
黑白色调的，没有光彩的。

我幻想自己是一个盗火的贼人，
普罗米修斯式的人物，但我不能成为他。
我就是火，我就是热焰，我燃烧着，
释放着光能与热能，我即是火。
火赋予了我理性，蝼蚁般的理性，
喑哑的种子增长成贫瘠的作物，
这是病态的审美催促的收获。

我拥有的思想是错误给予的，
我就是火，没有目的、不知疲倦地发挥。
我脱离了物质的限定，永久地运行。
（放下手中的铅笔吧，那并不是真正的秘密。）
沿着河流我们终将找到森林，
在火的预言里，会发现幸福的灰烬。

2019.6.29

第十三辑

土地的歌

土地的歌

——作为农民的自白

1

古老的阳光，平静的苍苔，
光滑而整洁的褐色石块。

在做了一个干燥的梦之后，
我带着我的锄头来到麦田，
麦子很有耐心，它们是我灵魂
分散在地里缓慢滋长的生命。
我会说很多很多的闲话，
给它们讲述一枚邮票的经历，
告诉它们要正视这个冬天。

没有雨的日子是恍惚迷离的，
每一寸湿润的皮肤
都逐渐脱去水分，

我已干瘪得像一条鲢鱼。
不断地锄草、培土、做垄，
一遍又一遍除去饱肥的蚜虫，
然后长吸一口纸烟，坐着等待。

等待一株车前草的叙述，
等它完全发挥药理作用，等待它
与石灰结合治愈的隐秘过程，
再发掘出肺部堆积的松针。
我的血液里潜游着一群水鸭，
池塘干涸后的形状，
显示出我筋肉的本来模样。

对于田野的审判，
无非借助陈旧的铁犁，
来剖开我黝黑的物欲。
从田垄到森林，
萎绝成为一种平常的趋势。
我于河边洗净肋骨的血渍，
沿着它的轨道持续奔驰。

落叶放弃了浪漫主义式的下坠，
从它的身形中我读出了哽咽的脉络。

2

当烟雾向肺部聚拢,松林
便开始形成了。

我带上笸箩和崭新的镰刀,
走向我需要开垦的田野。
天空的影子一直延续到河流深处,
温度造成的视觉差异,
停留在微小的感官表层。
我自言自语,
昏暗的草地并未波及细胞更新的次序,
我有更多的时间审视自己。

悲伤和痛苦让我学会了讲述,
我也一定要讲述,
以一个农民的身份,向干草垛
述说麦子在冬天的传奇。
每一天的重复,
每一个期待烟花
和爆竹响声的片刻,
总会有麻雀儿和我对视。

一种更深层次的思考,
把黑夜摁进黎明的手中——

泥土都冻软烂了。
严寒季节都是漫长的，
漫长的消磨和漫长的衰老，
我期待中的伟大发现，
不过是几具腐败得
快要消失的蚂蚁尸体。

或许我与蚂蚁有共同的血缘，
一样的劳作，
一样的漫无目的。
堕落的泥潭提供了繁衍的机会，
火的悔恨，
生殖的意义是全部的意义。

3

关于狼的传说已经久远了，
一个农民
畏惧的是荒唐与野性。
野性是不务正业的另一面，
脱离了扁担重量的压迫，
我们始终会悬浮在天空。

麦子、稻子、油菜、玉米，
我奔赴田野是为了获得生命，

更多生命生长的季候，
更多生命欢愉的时辰。
逐渐冷却的基因
验证了天牛消逝的合理性，
没有孩子踏进土地，
为什么要有蜜蜂和春天？

我举起连盖拍打出果实，
粗犷是我的本性，
谎言应用于一切动作。
冬天没有虚假和萎靡的群体，
如同太阳裸露地呈现。
秸秆遗留的丰硕根部，
饱含着农民对土地倾斜的渴望。

呵，流动着光阴的河床！
呵，装满了渔船的湖泊！
岁月的网侵蚀着土地，
我披着斗笠往来于田间，
一棵棵干净而缓慢的麦苗，
照见了我灵魂全部的痛苦。
龟裂如沟壑的皮肤，
渗不出任何水分，
麦子不断稀释我手掌上的尘埃。

群星中潮湿的火焰，
涌动着灵魂紧握的河湾。

4

我顺着河流敏感的坡地一路向前，
水的阴影滋养了弃绝的荒地，
弯曲的石堆聚起沙子，
揭开了萝卜的墓碑。
一顶顶庄严的凉帽，
不为人所知的芦苇，
山峦明目张胆地倾泻
被神明许允地归期。

我要提醒悲戚的星辰，
关于对死亡的结构认识，
还没有得到季节的答复。
季节煽动河流掏出警惕的河床，
河床上有无数纽扣，
和一双母亲擦拭干净的翅膀。
一望无际的黄昏，
吞噬了燃烧殆尽的油灯。

我坐在花朵胜利的地带，
用砾石装满篮子，

拔一拔野草，没有人呼唤我。
我的脚印汇聚成米粒，
粗大的伤痕不断对折，
等待一段返程的弧形。
河埂上，我坚持着安静的本质，
呼唤雨是为了呼唤收成，
羸弱的土地上浮出桑蚕的躯体。

多么完美的躯体啊！
无限延伸的夜晚，
镰刀上仅剩的光辉——
收割我内心存留的麦子吧！
苍耳和马唐在缝隙中的春天，
每一次的呼吸都是谦卑，
黑色的根导致了黑色的间隔。

5

遥远，更遥远的拱桥，
我把楔子楔入锄头里，
没人再相信弯曲的弹珠。
我放下生锈的镜子，
仿佛眼睛就是整个悲泣的天空。
颅腔内高挂的阴影，
连接着麦地缠绕的花环。

我搂着无数的麦子，
白鸽膨胀为撕裂的废墟。
人们崇拜火钳，
金子无法重塑完美的木炭，
长廊的尽头是空阔的指环，
火焰浮动着熄灭的灰烟。

金属制的门房上嵌着
响动的铁环，
女人靠近,空气烧红了铜片。
月亮堆叠着赤裸的词汇。
赤裸,无关女人手中的数字，
线与线之间结合的
是计算形成胚胎的方程。

那胀痛乳房的乳汁，
渗进麦地时还带着尖刺。
荆棘溽热升华的夜晚，
沉在水底的光环浮出水面。
我发觉自己被沙堆包围，
帽子里生出一圈又一圈的麦苗。

麦子！完美无缺的麦子啊！
微弱的泥土和光亮的子宫，

村庄不动声色地缩减着自己，
仰望是我唯一的权力。
我走进落日的田野，
从此拥有了不灭的星空。

2021.2.28

后记

感谢读至此处的读者，因为有你的悦纳，这本诗集的出版才有了意义。

作为籍籍无名之辈，本不想写弁言后记，但转念一想，这本诗集万一引起了哪怕一个读者的兴趣，没有关于作者和这本诗集的任何信息，不是遗憾了吗。所以我拜托叶帮义老师写这本集子的弁言，叶老师欣然答应之后，自己又补了这篇后记。

我是安徽马鞍山博望区的一个土生土长的农村人，对于土地，我有着说不清道不明的情感。我曾经不止一次地想过，我对土地的执着不亚于巴勃罗·聂鲁达对于海洋的热爱。我热爱土地，又憎恨土地；我怀疑土地，又信任土地；我想离开土地，又想紧紧抓住土地。这种对土地矛盾又复杂的执着，构成了从土地中诞生的最本真的我。我很庆幸自己是农村土地中生长出来的孩子，土地带给我无穷的写作冲动和灵感，是我创作的最重要的主题。

我从没想过自己有一天会走上诗歌创作的道路——至少对于没有过多少见识的农村孩子是这样，可能是偶然间读到了江河的《星星变奏曲》才开始有了写诗的想法。刚开始的创作比较注重古典诗歌的用词和韵味，我想作为一个中国人，唐诗、宋词和汉字已经沉淀为一种抹不去的基因了吧！为此，我还专门在这本诗集